JN108924
「分かるか、ネス？　お前はいま、俺に抱かれているんだ」
卑猥な色で艶めく肉がへこむほど深く穿つ。
（本文より抜粋）

DARIA BUNKO

黒騎士の愛しき銀珠

鳥舟あや

ILLUSTRATION 笠井あゆみ

ILLUSTRATION
笠井あゆみ

CONTENTS

黒騎士の愛しき銀珠

【1】

最初、ネスはその男に興味がなかった。ただ、やけに存在感がある男だと思った。その存在感を明確な言葉で表現するのは難しかったが、なんとなくネスはこの男の傍にいたくないと思った。

着ている軍服は帝都の人間用で、高級士官が身に着けるものだ。服の形式こそ軍の規定に則っているが、官給品ではなく、この男のために金をかけて誂《あつら》えた一点ものだと分かる。

上等の染め布を使っていて、深みのある黒は光の加減や男の動きにあわせてベルベットのような艶のある深緑色が見え隠れする。とても上品で、襟元や袖口の縁取りも丁寧だ。肩にかけた裾の長い冬用の外套も立派なものだし、ただでさえ図体の大きな男を、より大きく威厳あるように見せている。

あまりにも似合いすぎていて、どこか傲慢《ごうまん》ささえ窺えるほどだ。

その傲慢そうな雰囲気が癪《しゃく》に障《さわ》ると感じたのかもしれない。この男をひと目見た瞬間に、「こいつは搾取する側の特権階級だ」とネスの本能が判断した。

ネスはなにかと搾取される側の立場だったから、そういう種類の人間には敏感だった。

それに、ネスはとりあえず仲間以外の人間には突っかかっていくタチだから、単に、その悪い癖が出ただけかもしれない。とにかく、ネスはこの男に近寄りたくないと思った。

「ネス、この方はエインキーレ少佐だ。本日付けで、この第十七特殊戦術小隊に転属となった。当部隊で九十日間の研修を受けられる。少佐は護衛官資格を有しており、研修期間中は、この小隊で護衛官の任に就かれる」

第十七特殊戦術小隊の隊長、……つまりネスの上官は、その男をそう紹介した。

担当地区の見回りを終えるなり司令官室に呼び出されたネスは、眼前の男が既に護衛官資格を所持していることに、「はー……優秀だなクソが」と心中で毒づく。

悪態をつけるほど初対面のこの男について知っているわけではなかったが、とりあえず人間すべてが嫌いなネスは、特に意味もなく、片足に体重をかけて立ち、自分よりも背の高い男を見下ろすように顎先《あごさき》を持ち上げた。

「ネス」

上官のバルビゲルはネスの態度を咎《とが》めるが、ネスはそれを無視した。

バルビゲルからの二度目の「……ネス」という低い声で「失礼しました」とネスは素っ気なく口先だけの謝罪を口にする。

「まったく、貴様は……しょうのない奴だな。……申し訳ありません、少佐。この男が事前に話しておりましたネス少尉です。少佐ご指定の銀種《ぎんしゅ》であります。ネス、今日から少佐はお前付きの護衛官となられる。よく従え。そして、少佐殿をよくお世話しろ」

「はぁ?」

バルビゲルの言葉に、ネスは男を見やった。

小隊内では、今朝から、「帝都の将校様が左遷されてうちに配属されるんだって」という噂で持ち切りだったが、ネスはまさか自分がその話題の当事者になるとは思ってもみなかった。

「ネス少尉、少佐にはそんな口を利くなよ」

「オッサン、こういう大事なことは、事前に俺にも話を通しとくもんだろうが」

ネスはバルビゲルに食ってかかる。

「事前に話したら、貴様、軍規違反を犯してでも反抗するだろうが。……貴様の処罰がいつも軽いもので済んでいるのは、貴様が銀種だからだ。好《い》い加減、態度を改めろ。そしてこれは上官命令だ。従え。どうしても否と言うならば、貴様に図ってやっているありとあらゆる便宜と融通と権限のすべてを取っ払うぞ」

「…………」

ネスは心のうちで「俺が普通の銀種より便宜も融通も利かせられんのは俺が優秀だからだろうが」と悪態をつく。

その心のうちをちっとも隠さず表情に乗せるものだから、バルビゲルは熊のように顔を覆う髭《ひげ》を撫でて肩で嘆息し、「少佐殿、本当にこの跳ねっ返りの銀種でよろしいのでありますか?」と渋い顔を少佐へ向ける。

「フィデム・ファケレ・アルキ＝エインキーレだ」

その男はバルビゲルの言葉に頷くと、ネスに歩み寄り、握手を求めた。

「………」

ネスは握手に応じず、挑発するように一歩前へ出た。

自分よりも階級が上の男に詰め寄って、睨み据え、威圧する。

こういうのは最初が肝心だ。

人間はすぐに銀種を虐《しいた》げる。

人間は敵だ。

だから、ネスは最初に敵を牽制《けんせい》する。

俺はお前ら人間の思い通りにはならない、俺からなにかひとつでも奪えると思うな、俺の尊厳も、俺の強さも、俺の命も、ぜんぶ俺の物だ、お前ら人間のために使ってやるつもりはない、お前ら人間にこの俺が扱えると思うな。

そういったネスの意志を明確に伝える。

「銀種を見るのは初めてか？　帝都の少佐殿」

ネスは、鼻先で笑い飛ばしてやった。

だが、男は挑発に乗ってこず、黙ってネスを見返してくるだけで気味が悪い。

そのうえ、この男は、兎《と》にも角《かく》にも視線がうるさい。ネスの態度に怒って殴りつけてくるわけでもなく、不敬に対して懲罰を与えるでもなく、まっすぐネスを見返してくる。

軍に籍を置いていれば、銀種はそう珍しいものではない。銀の髪や銀の瞳も見慣れているだろう。なのに、まるで人買いが奴隷を値踏みするようにネスを見てくる。本人にはそのつもりがないのかもしれないが、ネスにはそう感じられた。

「ちっ……」

ネスはわざと舌打ちして、司令官室の扉へ足を向けた。

「ネス少尉！」

「命令には従う」

バルビゲルの叱責を背で受け、ネスは「来い」と顎先で少佐を呼び寄せる。

付き合いの長いバルビゲルならいざ知らず、帝都の少佐相手にこの態度だ。懲罰と鉄拳制裁を覚悟したが、予想に反して少佐はおとなしくネスの後ろについてきた。

司令官室を出て、ネスは長年自宅のように暮らしている砦《とりで》を早足で歩く。

親切に案内してやる気はない。

この砦は、灰色の石を積み上げただけの古い建物だ。砦の内部を飾る装飾品などはなく、足もとにも絨毯《じゅうたん》などは敷かれていない。歩くたびに、こつこつと軍靴《ぐんか》の音が鳴り響き、冬のこの季節はとても冷える。

砦は、森のなかにひっそりと佇《たたず》んでいて、屋上に国旗が掲揚されていなければ、外から見つ

けることすら難しいような場所に立っている。砦のすぐ裏手にきれいな湖があって、そこからの景色だけはなかなかのものだったが、ネスはわざわざそれを教えてやるつもりはなかった。

少佐は黙ってネスの後ろを歩いているが、ネスのほうが背後からの無言の圧力に耐えきれず、「めんどくせぇな……」とわざとらしく呟き、最低限度だけ施設の説明をした。

「一回しか説明しないから聞けよ。第十七特殊戦術小隊……めんどくせぇから十七特殊戦って略してるが、俺たちは、帝都の北東、この森林地帯を警護してる。十七特殊戦の砦には十名の銀種が配属されてる。護衛官はアンタを入れて七名。絶対者は三名。ほかは一般兵。砦は三棟並んでいて、中央棟に司令官室、作戦会議室、資料室、食堂、医務室と安置室。右棟に銀種と絶対者と護衛官の宿舎、それから専用食堂兼談話室。左棟に一般宿舎がある。アンタは……」

「フィキだ」

「……?」

ネスは立ち止まり、背後を見た。

「うちは代々軍人の家系で、親類縁者の多くが軍にいる。皆、エインキーレの家名だ。家名と階級で呼称すると混乱を招くことから、名のほうで呼ばれている」

「少佐殿は右棟の士官用宿舎をご利用くださ……っ、ぐ」

名前で呼ぶなんてまっぴらごめんだ。

ネスが無視して少佐と呼ぶと、顎先を大きな手で掴まれた。

「フィキだ」

「……………」

掴まれた顎先を持ち上げられ、鼻先の触れ合う距離で凄まれる。

ネスは睨み返し、フィキの額に、ごつっと額を押し当て、力任せにその顔を押し返す。

近くで見ると、この、フィキという男はきれいな瞳の色をしていた。青や緑にきらきらと輝く孔雀の羽のようで、彫りの深い目元にガラス玉みたいな瞳が嵌《はま》っている。それはまるで王侯貴族が使う骨董品の細工物のように美しく、いつまでも見ていられるほどだった。

美術品か彫刻のように顔の造作が整っていて、眼と眉の距離が近く、額が秀でている。灰色の混じった黒髪と同じ色の睫毛《まつげ》、切れ長の目の形、まっすぐの鼻梁《びりょう》は文句のつけどころがない。思わず、その鼻筋に齧《かじ》りついてやりたくなるくらい、男らしい精悍な顔立ちだった。

厭味ったらしいくらいムカつく男前だった。

そのうえ、こうして正面から並んで立ってみると、随分と上背があって、長身のネスよりももっと背が高いことが分かる。体幹もしっかりしていて、足腰も強く、体には幅も厚みもあって、筋肉量もネスより多いらしく、ちょっとやそっとネスが体重をかけて詰め寄ったくらいでは微動だにしなかった。

それがまた一段とネスをイラつかせた。

自分より体格のイイ奴は嫌いだ。あっという間にねじ伏せられて、力ずくで制圧される。

自分が負けるとは思いたくないが、自分が負ける可能性のある人間が傍にいると落ち着かない。そういう奴はネスの傍に存在しているだけでネスを脅《おびや》かす。

「銀種は何人も見てきたが、お前の眼は特別きれいな銀色をしている」

「見てんじゃねぇよ」

「お前が見てくるからだ」

「見てねぇよ。都落ちのくせに自信過剰だな」

「お前はもっと自信を持っていい。悪くない顔立ちだ」

フィキはネスの顎先を捉えた手で、ネスの顔を右へ向けさせ、次は左へ向けさせ、ネスの顔を具《つぶさ》に観察する。

「……放せ」

「瞳の銀色に螺鈿《らでん》の光沢がある。優秀な銀種の証拠だ。それに、目つきは悪いが美人顔だ。顔が小さい。顎も小さい。口も小さいが、歯並びはきれいで、手入れも怠っていない。背も六尺以上あるな……栄養状態の悪いなかで育つ銀種にしては背が高いし、腰の位置も高い。足も長い。早足になった時の一歩が大きかった。走ればかなりの俊足だ。骨組みもしっかりしていて、全身の筋肉も適量だが、……体に厚みが足りないな。これだけ鍛えていてその厚みだということは、生まれ育った環境の問題だな。食っても身にならない。脂肪が体に付かない。体力、持久力、瞬発力はありそうだが……」

フィキはネスの体を評価する。

それこそまるで人買いが奴隷を買う前の下調べのように。

戦闘時にどれほどネスが戦えるか値踏みするように。

ネスの体にこそ触れてこないが、触れてくるような目でネスを見る。

「……触んな！」

ネスは耐えきれずフィキの腹を殴った。

「……っ」

フィキは一瞬息を詰めたものの、やはりネスの一撃では怯《ひる》みもしない。

だが、まさか殴られるとは思っていなかったのか、すこし目を見開いてネスを見ていた。

「おとなしくしとけよ、初日で死にたくなかったらな」

ネスはフィキの手が触れていた頬を自分の手で拭い、背を向けて先を急ぐ。

「お前は、バルビゲル大尉の愛人か？」

「……はぁっ⁉」

ネスは再び立ち止まり、フィキへ向き直った。

たったいま距離をとったばかりのフィキへ詰め寄り、その胸倉を掴む。

「バルビゲル大尉と随分慣れ親しんだ会話を楽しんでいたようだから、それならそれ相応の心がけをしようと思って問うたのだが、……図星か？」

「なんで俺があの髭のオッサンとデキてなきゃなんねぇんだよ！」

「怒鳴るな。研修期間とはいえ、お前とはこれから共に任務に就くんだ、仲良くしたい」

「仲良くしたいと思ってる奴に、大尉の愛人か？　とかケンカ売ってくんなよ！　あと、もし愛人だったとしても、そういうのは暗黙の了解だろうが！　気付いてても黙ってろよ！」

「……つまり、愛人なのか？」

「違う！　俺は！　人間！　嫌い！　死ぬほど嫌い‼　二度と言うな！　寒気がする！」

突き放すようにフィキの胸倉から手を離す。

フィキは特に表情を崩すこともなく、ネスの態度に気を悪くした様子もなく、かといって悪びれた様子もなく、乱れた軍服の襟元を正して「銀種は本当に人間嫌いが多い……」と肩を竦《すく》める。

ネスはなんとなくこの男が分かってきた。

この男、わりと自由だ。一般的な高級将校とは異なり、クセが強い。性格も、たぶん、きっと、おそらく、独特だ。それから、食えない男だ。思ったことをすぐに口走る性格ではなく、思慮深い。同時に、他人をよく観察していて、適格な図星を突いてくるし、知恵が働く。

なにより、負けず嫌いだ。

ネスをもう一度自分のほうへ振り向かせるために、わざとネスに「愛人か？」と尋ねて、苛《いら》立《だ》たせて、ネスがフィキを見るよう仕向けた。

そもそも、ネスの容姿を声にして評価したことすら、仕返しだ。ネスがフィキの握手を拒み、ケンカを売るような態度をしたことへの意趣返しだ。

フィキは、いま、自分の優位性を示した。フィキよりも軍部内での階級が下のネスがとった不敬な態度を、「跳ねっ返りの銀種の、可愛らしい児戯だ」と許しこそすれ、主導権は渡さないという意志が見て取れた。フィキの言葉ひとつでネスを好きに動かせるということを示した。なにをすればネスが怒るのかを実際に行動で確認して、ネスの性格や扱い方をあっという間に把握した。

これから九十日間の任務中、滞りなくネスを御《ぎょ》す作戦を立てるために、ネスを知ろうとした。そうすることで、ネスという生き物を手っ取り早く掌握しようとした。

ネスという小さな砦をひとつ陥落させるために、ネスを挑発した。

なんてことない話だ。

フィキはネスの挑発を無視したのではなく、ちゃんと挑発だと理解して、ネスの売ったケンカも買っていたのだ。ただ、ネスがまんまとそれに踊らされただけなのだ。

この男は、食えない男だ。

「アンタは嫌いだ」

「アンタも嫌い、だろう？　お前はすべての人間が嫌いなようだからな」

ネスがすこしフィキを理解したように、フィキもネスをいくらか理解したようだ。

ネスは上官に対して敬語を使わず、敬礼もせず、不遜な態度を貫いている。人間の誰に対しても刺々しく、攻撃的だ。ネスの態度や口の悪さはこれが常で、それが公然と許されている。それは、ネスがこの小隊内でもっとも実力がある銀種だからだ。

顔も良いうえに頭も良いフィキは、それをしっかり理解したらしい。

「お前は勇気がある」

「今度は褒め殺しか？」

「上官にも俺にも物怖《ものお》じしないその態度。勇気がある。反骨精神の塊か？」

「勇気があるんじゃなくて、死ぬよりこわいもんがないだけだ」

ネスは鼻先で笑い飛ばす。

帝都の出世街道まっしぐらだったフィキには、ネスのような銀種が物珍しく映るらしい。

「実に興味深い。理解を深めるために、お前とはたくさん話がしたいと考えている」

「……アンタと話してたら疲れる。説明に戻る。アンタがどれくらい俺たち銀種のことを理解してんのか知らないけど、……まずは銀種と人間と護衛官と絶対者と災種《さいしゅ》の説明だな。……いや、説明いるか？」

ネスは説明しかけて、やめた。

フィキは高級将校だ。知らないわけがない。

だが、軍学校の座学で教本をなぞっただけで、実際的に知識を使う機会もなく忘れてしまい、それらの知識に乏しい将校が多いことも確かだ。ネスはどの程度までフィキに説明すべきか判断がつかなかった。

「銀種は人間に非《あら》ず。銀種は死んでも蘇る生き物の呼称。銀種は災種を殺せる唯一の存在。瞳と髪が銀色をしている」

「教科書通りだな」

「災種は人類共通の敵。我々ストレリヤ帝国軍人の敵。災種は人間と銀種を等しく襲う魔物や魔獣の総称」

「それから？」

「護衛官は銀種を守る人間。護衛官は銀種と契約していない人間。絶対者は護衛官の上位互換。絶対者は銀種と契約した人間。絶対者は死んだ銀種を強制的に生き返らせることができる」

「それだけ分かってれば充分だな」

　フィキの言葉にネスは笑い、廊下を歩く。

　フィキはネスの後ろを付いてくる。

　二人は前後に並んで歩く。決して肩を並べず、顔を見ることもなく、淡々と歩く。案内らしい案内はしていないが、フィキのことだから、一度でも施設内を歩けばどこになにがあるか把握するだろう。

「だが、いま俺が言ったことは所詮、教本から得た知識でしかない。お前の言葉で聞かせろ」

「なんで?」

「お前たち銀種のことを、正しく、深く、理解したい」

「そんな必要ないだろ。銀種は対災種戦の生きた兵器だとでも思っとけばいい」

「なぜだ?」

「……はー……めんどくせぇ。アンタ、研修って名目でここに来てんだろ? ってことは、何ヵ月かしたら……あー……九十日だったか? そのあとは帝都へ戻るってことだ。銀種に肩入れして、下手に情が移ったら使いづらくなるからやめろ」

「なにが使いづらくなるんだ」

「銀種。……たまにいるんだよ、一緒に任務に就いてるうちに銀種に同情的になる奴。そういうの、虫唾《むしず》が走る。アンタらは俺らを如何《いか》に効率よく戦わせて死なせるかしか考えてないし、いざとなったら簡単に俺たちを死なせるくせに……歩み寄ってこようとしてんじゃねぇよ、気持ち悪い」

「お前たちを深く理解できたら、お前たちを簡単に死なせずに済む」

「逆だ」

「……?」

「俺たちのことを理解すればするほど、アンタら人間は俺たちを気味悪がって、とっとと死ねって言う」

何度でも生き返る銀種。

何度死んでも生き返る生き物。

人間の見た目をしているくせに、人間ではない。

気味が悪い。

化け物。

「とにかく、中途半端に距離を詰めてくんな。人間と銀種じゃ種類が違うんだ。同じような見た目してるってだけで、生き方も、死に方も、考え方も、ぜんぶ違う。俺たちは理解し合うことも、歩み寄ることもできない」

「だが、絶対者と銀種の契約関係は、信頼性によって成立するものだ」

ストレリヤ帝国に忠誠を誓う人間の軍人には、護衛官資格を所持している者がいる。

護衛官の正式名称は対銀種守護防衛資格所持者だ。この護衛官の資格を所持している者だけが、銀種を守る任務に就ける。軍人のなかでも特に優秀かつ適性試験に通った者だけが有する資格だ。

その護衛官のなかでも、さらに、銀種と契約した特別な護衛官を絶対者と呼称する。

絶対者は銀種にとって特別な存在だ。

絶対者は、人間しかなれない。

ネスのような人間嫌いが大半を占める銀種が、ただ一人の人間を信頼して、その人間と契約を結び、特別な信頼関係を結び、以後、二人一組で行動することを人間に許す。

契約を結んだ二人は、まるで、つがいのように寄り添う。

傍にいて、離れない。

生きる時も、死ぬる時も、傍にいる。

結婚のようなものだ。

互いに契約を結び、信頼などという愛にも似た形のないものに心を委ねる。

笑い話のような話だが、銀種と絶対者の大半は、信頼関係に基づいて契約をしたはずなのに、そうして二人で信頼を築いていくなかで真実の愛とやらを知り、愛を芽生えさせ、それこそ恋人として振る舞う者たちもいるのだ。

結婚している人間同士と同じような関係になる者たちが大勢いるのだ。

だが人間同士の本当の結婚と違うのは、銀種と絶対者の場合、互いの信頼関係が壊れても契約が解消されない、という点だ。

契約が解消できるのは、どちらかが完全に死んだ時だけ。

銀種と絶対者のどちらか完全に死なない限り、契約は継続される。

本人たちの、望むと望まざるとに拘《かかわ》らず……。

「だからこそ、絶対者になれる護衛官は滅多にいない。信頼なんてすぐに消えてなくなることくらい俺たちも分かってるからな。それに、俺ら銀種がアンタら人間を信頼して契約して絶対者に格上げしてやるなんて、考えただけで怖気《おぞけ》が走る。俺は絶対に人間のためになんか死んでやらないし、契約に付随する特別な恩恵だって与えてやらない」

「だからお前は護衛官も絶対者も付けていないんだな」

「俺がこの小隊内で護衛官も絶対者も付けずに偉そうにしてられるのは、俺が優秀だからだ」

「お前の軍歴を見る限りそうだろうな。バルビゲル大尉からもそう聞いている。だが、銀種に護衛官を付けることは軍規だ」

銀種一名に対し、必ず一名の護衛官が付き、銀種を護衛する。

それが軍の決まりだ。

ネスはそれさえ免除されている。これは、特例措置だ。

なぜなら、ネスの強さについてこられる護衛官がいないからだ。ネスの卓越した身体能力、銀種としての特殊技能、常人とは異なる戦闘方法。奇異を通り越して畏怖《いふ》さえ抱くほどの絶対的な強さ。

戦闘任務中にネスを護衛できるほどの人間は存在しない。

軍規を適用できない例外だった。

「俺に軍規を適用したいなら、優秀な護衛官を連れてこい。……っし、これでひと通り重要なとこは案内したな。あとは勝手に好きにやれよ」

面倒なので口頭での説明は省いたが、施設の主要な場所はひと通り回った。

ネスは右棟にある食堂の前で立ち止まり、ようやくお役御免だと大仰に肩で息をして見せる。

フィキをその場に置き捨ててネスが廊下から食堂を覗くと、ちょうど定時巡回を終えた銀種とその護衛官や絶対者たちが休息を取っていた。

「ネス！　司令に呼び出されたんでしょ？　またなにか軍規違反したの？」

「左遷されてきた将校様ってのはもう見たか？」

「え⁉　もう見たの⁉　どんな人だった⁉」

「……そういえば、私、巡回に出る前に、司令官室に入るところをちょっとだけ見たんだけど、すっごい男前だったよ。あの色男がそうだと思うんだけど……ネス、どうだった？」

「自分で確かめろよ」

矢継ぎ早に尋ねてくる仲間に、ネスは背後のフィキを親指で指し示し、食堂へ入る。

フィキの姿を認めるや否や、絶対者付きの銀種は自分の絶対者の背後に隠れ、絶対者のいない銀種は静かに席を立ち、別室へ移動した。護衛官と絶対者は、この場で誰よりも階級が高いフィキに敬礼する。

「……興味は持ってもらえたようだ」

ネスに続いて食堂へ入ったフィキは、敬礼に敬礼で返す。

ネスには親しげに話しかけていた銀種たちからあからさまに避けられても、フィキは特に気を悪くした様子もない。

「興味持ってもらえただけ上出来だと思え」

ネスはこともなげに言ってのける。

銀種の人間に対する態度は、皆、こんなものだ。軍人であろうと、一般市民であろうと、工侯貴族であろうと、銀種は人間を嫌う。信頼しない。心を開かない。

同族である銀種同士ですら、先程のように当たり障りない会話こそするが、それぞれの心に立ち入り、深入りするようなことを避ける。ごく稀に、銀種のなかにも、種族の違いに関係なく自分以外の誰かと親しくなろうと試みる者もいるが、それは本当に少数だ。

基本的に、銀種は孤独を選ぶ。過酷な生育環境と社会的立場ゆえに、他者に懐疑的で、信用せず、深くかかわることを忌避《きひ》する傾向にある。

「なぁ、ライカリはどこだ？」

「また姉貴のところじゃないか？」

ネスの問いかけに、銀種の一人が答えた。

「……ネス！」

その時、軍服を着た十四、五歳の少年が庭から窓ガラスを叩いた。

「ライカリ、どうした？」

ネスは窓を開き、銀色の髪と眼をした少年に尋ねる。

「森の東で災種が出た！」

ライカリのそのセリフとほぼ同時に、物見台から敵影《てきえい》発見の警鐘が鳴り響く。

その場にいた全員、誰かが指示を出す間もなく出撃準備にとりかかった。

「アンタも着任早々災難だな」

ネスはフィキを見上げ、お気の毒にと笑い飛ばした。

*

災種は、魔獣や魔物の総称だ。この世界のどこにでもいる。

災種は、人間、銀種、動物、家畜、分け隔てなく襲い、それらを食って腹を満たす。襲う目的は不明だ。なにせ、言葉を持たないし、言葉が通じない。

災種はおおまかに魔獣と魔物の二つに分類される。

魔獣は四足歩行で、大型の獣に近い姿をしている。魔物は二足歩行で、悪魔のような見た目と喩《たと》えられることが多い。魔獣も魔物も、人間の成人男性の二倍ほどの背丈がある。魔獣よりも魔物のほうが知能が高く、強い。それらの災種は武器を持たず、鋭い爪や牙などで物理的に攻撃してくるほか、疫病を撒き散らす種類も確認されている。

災種一匹との一度の戦闘で、銀種三名前後が死ぬのが平均的だ。

到底、人間では手に負えない。

それに、災種を殺せるのは銀種だけだ。

災種の殺し方はただひとつ。銀種が災種の頭部をその手で潰す。それだけで殺せる。

だが、逆を言えば、災種の心臓を止めようと、首の骨を折ろうと、頭部を胴体から斬り落とそうとも、脳味噌の詰まっている頭部が潰されない限り災種は死なない。

そのうえ、人間が災種の頭部を潰しても死なない。

銀種が頭を潰さない限り、潰された脳を自己修復して、何度でも蘇るのだ。

だからこそ、銀種は、どこの国でも、どこの軍でも、対災種戦の兵器として重宝されていた。

ネスたち十七特殊戦は東の森林地帯にいた。

災種討伐のため、三つの分隊が既に現場に展開している。

もちろん、フィキもいた。

フィキの所属する分隊は、五名で構成されていた。フィキとネス、ライカリ、二名の護衛官だ。ほかの二つの分隊もおおよそ同じような構成で、三方から災種を包囲する作戦に充当している。

十七特殊戦は、災種に最接近する役割を持ち回りで担当していた。

災種に最接近する役割とは、即ち、災種の懐に潜り込み、災種に止《とど》めを刺す部隊のことだ。

災種に接近するのだから、必然的にその部隊の死亡率が上がる。だから、基本的には持ち回り制で、順番を決めていた。

だが、戦闘においては、すべて決めたとおりには進まない。

自分の死ぬ順番でなくとも、銀種は皆、恐れず、勇敢に戦い、死んだ。

銀種は死んでも生き返る。

災種を殺すには犠牲がつきもの。

それが当たり前。

それもあって、銀種の攻撃は己の命を顧みない手段が大半だった。

銀種は帯剣こそしているが、それは災種の命を奪うためのものというよりは、災種の攻撃を防いだり、決定打を与えるためのきっかけを得る道具でしかなく、最終的に、銀種は臆することなく、勇敢に災種に接近し、その頭を潰した。

銀種は人間用の軍服とは異なり、銀種仕様の軍服を身に着けている。

フィキたち人間の護衛官は銀種を護衛するために装備品が充実しているが、銀種は災種の懐に潜り込んでの接近戦を主体とする。

そのため、動きやすさを重視した戦闘服が採用されていて、防御力は軽視されていた。運動能力に優れた銀種は、跳躍力も高く、走る速度も速い。人間の軍人と同じ黒の軍服ではあっても、災種の頭を潰すための手元は短めの袖で、腰から足回りにかけては特に余分が排除されていて、体の線が分かるデザインが多用されていた。

そのなかでも、ネスは特に背が高く、戦闘服がよく似合っていた。

ネスは黒い矢のように走り、音もなく地を跳ね、災種の頭上に躍り上がり、素早い動きで上半身を捻《ひね》らせて災種の攻撃を回避しつつ、災種を追い詰める。

見事なものだった。

あれならば特例措置を取られることも納得の優秀な戦いぶりだった。

フィキが銀種の戦い方を見るのは、今日これが初めてではなかった。

だが、今日の戦いを見て、フィキは、またひとつ銀種を理解した。

「あれは勇敢かつ勇気があるのではなく、死を恐れぬ銀種だからこそできる戦い方だ」

フィキはそれを肌で感じた。

銀種はまるで狂戦士。

自分を守ることには一切思考を割かず、攻撃することだけを考えて動く。

自分自身がどれほど血を流そうとも、腕や足が捥《も》がれようとも、肉を削ぎ落とされようとも怯むことはない。死んで生き返った時に、すべて元通りに治っているからだ。

だが、銀種は銀種であっても、ネスと同じ分隊のライカリはまだ若輩《じゃくはい》で、実戦経験も少なく、フィキから見ても明らかに分隊の足を引っ張っている状態だった。

銀種は圧倒的に数が少ない。

ライカリのように年端のいかぬ少年ですらも実戦に投入されている。

その証拠に、常にネスがライカリを庇《かば》いながら戦っていた。

バルビゲルからフィキの世話役を命じられた時とは異なり、ネスは自ら望んでライカリの面倒を見ているようだった。

銀種は個人主義の生き物だが、同族にはいくらか同情的だ。特にネスはその傾向が強いようで、ライカリを弟分のように可愛がっていた。

ライカリは二名の護衛官との連携もうまくいっていなかった。

災種の出現地点までの移動中に、フィキはその二名の護衛官から簡単に分隊の説明を受けたが、護衛官の片方はライカリの護衛官になったばかりで、もう一人はライカリの姉ドルミタの護衛官だという話だった。ドルミタは戦線離脱しており、現在は二人ともがライカリの護衛に就いているらしい。

「アンタ邪魔だから一番後ろにいろ」

移動中、ネスにそう宣告された。

護衛官や絶対者は、己の身を顧みない銀種を守る盾になる。

フィキはといえば、攻撃はおろか護衛の頭数にすら入れてもらえなかった。というよりも、配属初日に初戦を迎えたフィキにはなにも期待していないのだろう。ネスはフィキの未確定な実力に頼らず、それどころかフィキの存在すらなきものとして作戦を立てた。

この分隊の指揮権はネスにあった。

本来ならば、銀種ではなく護衛官または絶対者が隊を指揮して、前線で戦う銀種の心的負担を減らすのだが、この分隊に限っては、軍隊の定石が適用されていなかった。

ほかの誰かが指示を出すよりも、ネスの指示がもっとも的確だからだ。

ネスは、本当に、災種と戦うために生まれてきたような男だ。

銀種であるネスがこの場を支配していた。

ネスが最速で状況を判断して、分隊の全員がネスの下した命令に従って行動する。それがもっとも効率が良く、否が応でもそれに従うしかない。付け入る隙の無い差配だった。

経験値の浅いライカリはともかくとして、銀種の負担を減らすために存在する二名の護衛官がそれに甘んじているようでは職務怠慢だ。

だが、ネスは彼らの職務怠慢に不平不満を述べることなく、護衛官へ向けて「使えねぇな！下がってろ！」と檄を飛ばし、ライカリの護衛だけに専念させていた。

言葉や態度は褒められたものではないが、あれはあれでネスなりの気の遣い方なのだろう。

人間は一度死んだら二度と生き返れない。人間とはいえ、この場にいる全員が軍人なのだから、死ぬことは覚悟している。だが、ネスは、取り返しのつかない死から人間を遠ざけてやりたいのだ。

ネスの命令や戦い方は、そういうものだった。

彼なりの不器用な優しさの表れだった。

「手伝おう」

四脚で地に立つ災種を包囲し、追い詰める頃には、フィキはネスの戦い方を把握していた。

「………」

ネスは隣に立つフィキをちらりと見たが、「邪魔だ」とも「使えねぇな！」とも言ってこなかった。ただ、「下がってろよ。あとは頭潰すだけだからアンタにできることはない」とフィキを手で追い払う仕草をした。

「ネス！」

ライカリがネスの隣に立つ。

「ライカリ、下がってろ！　おい護衛官、なにしてんだ！　こいつを前に出させんな！」

ネスはライカリの襟首を掴み、後方へ放り投げる。

「ネス！　そいつ、姉ちゃんを殺した災種だ！」

尻餅をついたライカリは立ち上がり、再び災種と対峙するネスのもとへ走る。

「分かってる！　お前の姉ちゃん殺した災種だぞ！　お前が敵《かな》うはずないから下がってろ！」

ネスの視線の先には、別の分隊の銀種の姿があった。

分隊の彼らは災種の後方を塞ぎ、逃亡を防いでいる。

その分隊には、銀種が一名のみ残っていた。三名いた銀種のうち、一人は重傷で、護衛官に支えられて戦線離脱した。もう一人は地面に倒れていて、おそらく事切れている。災種を包囲する際の攻撃で命を落としたのだ。

だが、亡くなったその銀種には絶対者がいる。絶対者がいる銀種は、死んでも即座に生き返ることができる。事実、ネスの目の前でその銀種は生き返った。生き返った銀種は戦線に復帰するなり、「その災種、知能が高い！」と警告した。

だが、その警告はすこし遅かった。

四脚のフリをしていた災種が二本足で立ち、大きく跳躍し、ネスとフィキの頭上を飛び越え、ライカリの前に着地した。

この包囲網で最弱は誰か、最短の逃げ道に存在するのは誰か、災種がそれを見極めたのだ。

「ライカリ！」

ネスが走った。

次の瞬間には、懐にライカリを庇ったネスが災種の頭を潰していた。

事切れた災種が、ネスの足もとに倒れ伏す。

「……ネス！」

ライカリが叫ぶ。

「…………」

ネスは、腕に抱いたライカリに視線を落とし、無事を確認して息を吐く。

それからすこし遅れて、ネスを庇うフィキに気付いて、信じられないものを見る目でフィキを見た。

＊

フィキがずっと傍にいて、鬱陶《うっとう》しいと思った。

でも、任務の邪魔になるわけではなかった。

ただ単に、視界の端にフィキが映ることをネスは鬱陶しいと思った。

「なんで隣にいるんだよ」

災種の出現地点まで移動する道中、ネスはフィキにそう尋ね、言外に「傍に来んな」と伝えた。

フィキはそれでも下がらず、「お前、左側が苦手だろ」と初見でネスの苦手を言い当てた。

観察眼の鋭い男だと思った。

それどころか、初戦の最初からわりと活躍した。

ネスが、「お前！　右！」と叫んで、敵の右側面へ回り込んで欲しい時にはもうフィキが右へ回り込んでいるし、ネスの持つ剣が災種の牙で折れたらフィキは自分の武器を投げて寄越し、自分は予備の剣で応戦するという、なにをするにもそつのない男だった。

ただ、やっぱりネスには鬱陶しかった。

ネスは単独で戦うことに慣れていたから、誰かが傍にいることが煩《わずら》わしかった。

実際のところ、フィキが傍にいて助かった場面が何度かあったのは認めるが、それを認めなくてはならないという現実が存在することすら、ネスには煩わしかった。

ようやく追い詰めた災種は、ライカリの姉ドルミタを殺した災種だった。

知恵のある災種はドルミタの匂いを覚えていたのか、ドルミタとよく似ているライカリなら殺せると判断したのか、……災種の考えは読めないが、とにかく、災種はライカリを狙った。

ネスはライカリを守ることを最優先に行動した。

自分の身を守ることは諦めた。

ライカリを守る代わりに、おそらくは自分が災種に殺されるだろうことは予測していた。

状況的に、ライカリを助けつつ災種を殺し、ネス自身も助かる方法は存在しなかったからだ。

だから、優先順位の高い順に行動した。

ライカリを守って、災種を殺して、ネスが死ぬ。

即死を覚悟した。

でも、死ななかった。

死んでいなかった。

フィキが寸前で助けに入り、災種の獰猛《どうもう》な爪からネスを庇っていた。

ネスがそれに気付いたのは、ライカリの無事を確認したあとだ。自分自身の目でライカリの無事を確かめられたことに気付いて驚き、ネスが顔を上げたら、フィキがいた。

フィキは、ライカリを庇うネスごと己の懐で抱いて守っていた。災種の牙がネスの喉を引き裂き、心臓を貫くことを己の剣で防いでいた。それどころか、防ぎきれなかった牙がフィキの肩に食い込んでいた。

ただ、フィキが傷ついてもなお、守り切れなかった。

災種の爪が、ネスの腹に深く突き刺さっていた。

「ネス!」

ライカリの叫ぶ声が聞こえる。

「……っ」

致命傷なのだろう。ネスはライカリに返事をする代わりに血を吐いた。

もうすぐ死ぬ。それが分かった。

死ぬのは慣れているから、ネスが取り乱すことはなかったが、何回死んでも死ぬのはいやなもんだな……、そう思った。

思ったが、口には出さなかった。

「ネス!」

ネスが視線をすこし下へずらすと、フィキがネスの腹を押さえて止血していた。

「……あー……いい、そのまま、……放置、してろ……」

ネスは重い腕を持ち上げ、フィキの肩を殴るようにして遠ざけた。

一瞬、フィキは眉間に皺を寄せ、ネスのその行動の意味を推し量ろうとしたが、思考するよりも先に、再び、肉の抉れた腹に手を入れて、太い血管を押さえ、出血を止めることを優先した。

高そうな軍服を血まみれにして、両手を真っ赤に汚して、無駄なことをした。

「…………」

なにしてんだろう、こいつ。そう思った。

なんで俺の腹に手を突っ込んでんだろう？　不思議に思った。

フィキは、とても不思議な行動をしている。ひどく靄《もや》がかかった意識でぼんやりと考えて、フィキのその行動が人命救助の方法だと気付いたネスは、余計に「なにしてんだろう、こいつ……」と、やっぱり不思議だった。

「なぁ……もういいから……、アンタ、は……、あー……アレ、あそこに……、あいつらと合流して、ライカリ、連れて……本部、……戻れ。この状況で次の、災種……来たら、対応むり……守ってやれない……。俺、もうすぐ死ぬから、死体だけ回収……しろ」

「……なにを言ってるんだ」

フィキは、瞳にだけ怒りを見せた。

その瞳には、「こんな時に俺の心配をしている場合か」というネスに対する説教と、「なぜこのまますみす死なせなくてはならないんだ」という憤りが滲《にじ》んでいた。

「ネス、どう？」

別隊にいた銀種のサルスが、ネスの傍に膝をついた。

いつまで経っても死なないどころか、手当てするフィキを不思議に思い、様子を見に来たらしい。

「……サ、ルス……」

「どう、死ねそう？」

「あー……」

喋るのが億劫《おっくう》で、ネスは首だけを横にする。

「喋ったほうが早く死ねるから喋っときなさい。長引きそう？　介錯いる？」

「頼、む……、こいつ、今日から、で……、トドメさせそうに、ない……」

「まぁね、護衛官初日に人殺しは重荷よね。了解」

サルスはその場で抜刀して、ネスの心臓に切っ先を向けた。

「待て」

フィキがそれを押し留めた。

「なに？　アンタ新入りでしょ？　邪魔しないで」

「殺すな」

「はぁ？　殺すなって……、じゃあ、このまま死ぬまで放置しとけって言ってるの？　そんなの生殺しじゃないの」

「まだ助かる」

「中途半端に助かるより、死んで生き返ったほうが早いのに？」

サルスは大きく両目を見開き、奇異の眼差しでフィキを見やる。

サルスは口の立つ女で、フィキに詰め寄り、「ネスは死にたいの。一刻も早く私に殺してほしいの。私も早くネスを楽にしてあげたいの。邪魔しないで」と、ネスが言いたいことをぜんぶ言ってくれた。

「分かっている。だが、この怪我ならば治療次第で治る。殺す必要はない。この怪我と、殺される時の痛みなら、殺される時の痛みのほうが酷い」

フィキは、人間の道理を銀種に適用しようとした。

たったひとつきりの命しか持っていない人間を助けるように、銀種を助けようとした。

「あのね、帝都の将校様、ちょっとは考えて物を言いなさい。ここでネスが死なずに生き残って、全治六ヵ月とかになってみなさいよ。怪我は痛いし、苦しいし、体は思い通りに動かせなくてイライラする。寝たきりの私たちの世話なんか焼いてくれる人いないし、病院にも入れてもらえない。自力で起き上がれるようになるまでずっと安置室に寝かされて、生死の境を彷徨《さまよ》いながら回復するのを待つしかないの。傷が治るまで半年間ずっと動けなくて、痛くて苦しいまま治るのを待つくらいなら、いまさっさと死んで、一ヵ月で生き返ったほうが楽なの！　そしたら怪我もない状態で復活できるし、痛くない！　それが銀種の基本的な考え方なの！　そもそもネスは優秀だから、もっと早くて数日で生き返られる！　こうやってここで生き永らえさせて、痛い思いさせるほうが可哀想なの！」

「だが……」

「あぁもう！　分かんない人だな！　銀種は死んでも生き返るの！　わざわざ怪我したまま重傷で生きて苦しい思いする必要ないの！」

「……っ」

ネスは「とっとと殺してくれ」と伝えるために口を開く。

喉を使おうとすると血が絡まって噎《む》せて、咳き込む。咳き込むと腹筋に力が入って出血が酷くなる。溢れた血が飛んで、フィキの頬を汚した。

銀種は厄介だ。

死んでも生き返るという特殊性以外にも、賦活《ふかつ》能力が高いという利点がある。

怪我を負ったその瞬間に、怪我が治り始めるのだ。

そして、その治癒にかかる時間は極端に短く、人間よりもずっと速く回復する。

いまも、ネスの体はなんとか自分の体を治そうと肉を修復し、血を増やし、血管を繋ごうとしている。だが、治る速さよりも死が訪れる速さのほうが速い場合は、ただ単に死に際の苦しみが長引くだけになる。

いまのように、ネスが苦しむ時間だけが長くなる。

確かに、このまま放置していればフィキが言うように命は助かり、サルスが言ったようにいずれは完治するかもしれないが、ネスはそこまでして苦しみながら助かりたくない。

早く死にたい。

「ネス、しっかりしろ」

「研修、……ほかのやつに……引き継げ……」

「そんなことはどうでもいい」

「俺、も、……生きるの……そんなに……執着してないから、殺して」

殺して、生き返ったら、また戦える。

別にどうしても戦いたいわけじゃないけど、わざわざ痛くて苦しい思いはしたくない。

無駄に命を長引かせたくない。

「私たちは勇気ある生き物なの。あなたたち人間とは違うの。死ぬことは恐ろしくないの。これが私たちの性格で、性質で、考え方で、生き方で、死に方なの。人間とは違うの。だから人間は邪魔しないで」

「銀種には勇気などない」

サルスの言葉をフィキが一刀両断した。

フィキは続けて、「お前たちは勇者でもなんでもない。傷つくことや、痛いことや苦しいことが嫌いで、この世の苦痛から早く逃げ出したいと泣く、可哀想な生き物だ」と断言する。

ネスは、まったくもってそのとおりだと思った。

結局は、死ぬほど痛いのを我慢するくらいなら、とっとと死んで、傷が完全に癒えた状態で生き返ったほうがマシ、という考えなのだ。少なくとも、ネスはそうだ。楽なほうへ逃げているのだ。

そう考えるとやっぱりこのフィキという男は、銀種の本質をいくらか理解しているような気がした。

「……とり、ぁ……ず……、もう、……たのむ……っ、ら、……死なせて」

ネスはフィキの腕を掴み、傷口からどかせる。

頭が回らなくなってきた。痛いのか、苦しいのか、よく分からない。

こんなに長く死に際に生きていたことがないから、思考がまとまらない。

早く死にたい。死にたい。死にたい。それだけで頭がいっぱいになる。

生きているのはこわい。つらい。いたい。くるしい。

早く死にたい。

息が乱れて、恐怖が押し寄せてきて、泣きたくもないのに泣きそうになって、でも、もう泣くだけの余力もなくて、ただ漠然と生きていることが恐ろしくて、死にたい。

いつもならどうしていただろう?

そうだ、いつもなら、死に際に誰の手も借りられないなら、自分でケリをつけていたんだ。

自分で死んでいたんだ。

そのために、災種殺しに必要のない剣を装備しているのだから……。

ネスは、己の剣を求めて、指先を彷徨わせる。

「ふざけるな」

その手を、フィキが掴んだ。

ネスの血に染まった手で、ネスの手を強く掴んだ。

「……？」

頭に血が回らず、ネスは、フィキの言葉の意図するところが察せられなかった。

「ネス、お前いますぐに生き返れ」

「……？」

「俺と契約しろ」

「…………」

「潔く死ぬ勇気があるなら、俺と契約して生き返る勇気を見せろ。お前のクソみたいな弱気の顔なんぞ見たくもない。ただちに俺と契約して、ただちに生き返れ」

「…………」

なに言ってんだ、こいつ。

どういう意味だ。

分からない。

どういう考えからそういう発言に至ったのか、理解できない。

頭が回らない。

とにかく、早く死にたい。苦しい。腕も持ち上がらなくなった。

死にたい。

「ネス！」

フィキは、男前の顔面で必死にネスの名前を呼んで、「とっとと俺と契約しろ！」と叫んでいる。

馬鹿な死に方をするなと叱ってくれている。

頬に、雫がひとつ落ちる。

……男泣きしてんじゃねぇよ。ネスは口端を持ち上げた。

自分が死ぬ時に泣いてくれた人間は初めてだ。

初対面に近いネスを相手に、こんなにも感情移入するほど優しい生き物を初めて見た。

それどころか、今日はネスを庇ってくれた。

銀種は生き返れるのに、わざわざ盾になって、怪我をしてくれた。

護衛官は銀種の盾だけれども、本気で銀種の盾になる護衛官は少ない。死んでも生き返る奴のために自分が怪我を負うのは馬鹿らしいと思っているからだ。

でも、フィキは一瞬の躊躇《ちゅうちょ》もなく盾になった。

自分が傷つくことを恐れなかった。

勇気があるというか、豪胆というか……。

不思議な男だ。

ネスがどういう性格なのかも知らないくせに契約しろと言った。

二人の相性もまだ分からないのに「契約しろ」と言ってくれた。

契約したら、一生離れられないのに……。

自分の目の前に死にかけの銀種がいるから、それを助けるために、そう言ってくれた。

自分の損得勘定なしに、ネスを救うためだけに……そう言ってくれた。

こういう男が自分だけのものになったらいいなぁ……ネスはそんなことを思って、心で笑った。

表情で笑うだけの力がないから、心の底で頬を持ち上げた。

ネスは、これまでに何度も戦死している。

死ぬのはこれが初めてじゃない。

何度死んでも、死ぬのはいやなものだ。

でも、このまま生き続けるのはもっといやだ。

それに、死に際にこういう気持ちで死ぬのは初めてで、それがわりといやじゃなかった。

死に際に自分のために泣いて叫んで名前を呼んでくれる人がいるというのは、とても幸せだった。

誰かに看取られて死ぬのは、幸せだと思った。

「ネス！　契約しろ！」

「…………はい」

いま、俺は返事をしたか？

……あぁ、うん、たぶん……返事をしてしまった気がする。

よく分からない。

なぜ、返事をしたのか分からない。

返事をしたのかどうかも分からない。

でも、返事をしてしまったら、契約成立だ。

無意識のうちに己がそれを認めてしまったなら、契約は成立だ。

「ネス！」

むかつくくらい、声がいい。

その声を聴きながら、ネスは死んだ。

孔雀色の瞳は、この世で見たどんな死に際の景色よりも一番きれいだった。

＊

銀種と契約した人間は、絶対者という存在になれる。

絶対者になると、いくつか特別な恩恵を受けられる。それは、銀種から与えられる特別な恩恵だ。この恩恵があるからこそ、絶対者はたったひとつの命を賭けて銀種の盾になると言っても過言ではない。

だが、絶対者自身がなにか特別な能力を有するわけでもなければ、強くなれるわけでもない。

当然、災種を殺せるようになるわけでもないし、不老不死になるわけでもないし、死んでも生き返る人間になれるわけでもない。

でも、死んだ銀種を生き返らせることができるようになる。

どういう仕組みでそうなるのかは解明されていない。

けれども、銀種が、たった一人の人間を自分だけの特別だと認めて、信じて、信頼を寄せて、頭と心で納得したら、その人間は銀種にとっての特別な人間になる。

特別な人間から与えられる刺激というのは、目覚めるのに最適なのかもしれない。

「……………」

ネスは重たい瞼《まぶた》を開き、その重さに負けて閉じる。

それから、もう一度、ゆっくりと目を開く。

目の前が、青と緑の孔雀色でいっぱいになる。きれいな眼の色が、ネスだけをじっと見つめている。

その瞳が、ネスから遠ざかる。

唇が、遠ざかる。

「ネス」

ついさっきまで触れ合っていたフィキの唇が、ネスを呼ぶ。

ネスの後ろ頭を包むように持ち上げる大きな手があって、その掌《てのひら》がネスの首筋に触れている。首を支えるのと同時に、脈を測っているのだろう。

フィキは額をこつんとくっつけてネスの瞳を覗き込み、「まだ生き返ってないか?」と尋ねながら、もう一度、口づけようとする。

「……もういい、生き返ってる」

ネスは腕を持ち上げ、フィキの顔面を遠ざけた。

「あぁ、生き返ったか」

「…………おかげさんで」

ネスは地面に手をつき、上半身を起こす。

ついさっき死んだ場所で、生き返った。ただそれだけのことなのに、気恥ずかしい。

なんで銀種は絶対者からの口づけで生き返るんだろう？

こんな恥ずかしい生き返り方、居た堪《たま》れない。

「まだ動くな」

立ち上がろうとするネスを、フィキが押し留める。

フィキの腕は、当然のようにネスの背中を支えている。地面に片膝をつき、ネスの血に汚れた軍服で、でも、自分のことはなにひとつ構わず、それこそ肩の怪我の手当てもしないままネスを気遣う。

「………………」

ネスは、自分の腹に手を当てた。

災種の爪が突き刺さっていた腹は、傷を負う前の状態に戻っていた。ネスの気付かぬうちにフィキの手でその爪も抜かれたらしく、生き返ったと同時に傷口も塞がっている。ただ、確かにそこが深手を負っていたことを証明するように、戦闘服が災種の爪で裂かれて破れ、血まみれだった。

「ネス、すごい……ほぼ完治した状態で生き返ってる……」

ネスを心配して傍にいたライカリが感心している。

銀種には個体差があって、生き返った時点で傷が完治している者もいれば、とりあえず戦える程度で生き返る者もいる。ネスは傷も塞がり、大量出血した血液もほぼすべて補われた状態で生き返っていて、すぐにでも戦線復帰できそうだ。だが、表面的には完治したように見えても、実際には血液濃度が極端に薄かったり、骨や組織の結合が甘くて動いている最中に再崩壊を起こす危険性がある。フィキはそれを心配して常にその手でネスを支え、寄り添っていた。

「………………」

ネスは、自分の唇に触れる。

指先に血液が付着する。記憶にはないが、死ぬ間際、最後にひどく血を吐いたらしく、口の中も、外も、血の味と匂いで気持ち悪かった。

「……ネス、大丈夫か」

尋ねてくるフィキの唇も、ネスの血で汚れている。

ネスは手を伸ばし、フィキのその唇を拭った。

「……ネス、……どうしたの？」

ライカリがネスを訝《いぶか》しげに見ている。

ネスはいつもどおりにしているつもりだが、どうやら、ライカリから見たネスの様子はいつもどおりではないらしい。

「初めて絶対者の力で生き返ったから、ちょっと感覚がついていってないのよ」

絶対者持ちの銀種が、ライカリに「騒ぐことではない」と諭している。

「でも、こんなに、ぼんやりして、ふわふわしてる……」

まるで、それはネスじゃない生き物みたいで、危なっかしい。

あまりにも無防備だ。

いつもネスに守られているライカリでさえ庇護欲をそそられてしまうような頼りなさを感じてしまい、見ていて不安になる。

「これはね、色っぽいって言うの」

「……なんで?」

「酔っちゃうのよ。自分だけの特別な人間からのキスって」

ライカリと銀種がそんな会話をしている。

いつもなら「バカみたいな話してんじゃねぇよ」とネスも笑うところだが、それに反応する余裕がない。

なぜだか、じっとフィキを見つめてしまう。

「ネス」

「少佐殿、動かないで。そのままにしといちゃだめでしょ」

放置されているフィキの負傷を見かねて、サルスがフィキの肩の手当てを始めた。

「…………」

なぜか、ネスの手がサルスを押して、フィキから遠ざけていた。

なぜ自分がそうしたのか、ネスには分からない。けれどもサルスはネスの行動の意味を理解しているようで、「そうね、ごめんね。アンタの絶対者だもんね。誰にも触られたくないよね」と笑って、フィキに触れることをやめた。

それでもネスは自分の行動に納得できず、ただ、じっと、フィキを見つめる。

「ネス、大丈夫だ。俺の怪我まで心配しなくていい」

「………血、は……」

「出血は止まっている。そう深刻なものではない。そんなに悲しい顔をするな」

「………」

フィキの言葉に、ネスは頷く。

ネスは、フィキの声にだけ反応する。

これもたぶんきっと銀種と絶対者の関係になったからなのだろう。

名前を呼ばれると、嬉しい。

理由なんてない。

心が、体が、勝手に喜ぶ。

とにかく、まずは立ち上がって分隊に砦への帰投《きとう》指示を出して、帰ったらバルビゲルに災種討伐の報告をして、それから、それから……。

そういうことをしなくてはならないのに、フィキから目を逸らせない。

どうしていいか分からない。

漠然とした不安にじわじわと心が侵食されて、目の前が暗くなる。

こわい。

「ネス、大丈夫だ。俺がいる」

「…………」

フィキがネスの瞳を見つめて、肩を抱く。

孔雀色の瞳がネスを見つめている。ただそれだけで、真っ黒な絶望に染まりそうな心も孔雀色に支配されて、絶望も不安もこわさも消えてしまう。

「損耗《そんもう》確認完了したな。総員、砦へ帰投する」

いつもはネスが言うセリフを、フィキが言う。

自分の役目やセリフを奪われたと苛ついたりはしない。

フィキは、ごく当然のようにネスを両腕で抱きかかえる。

こんなデカい男を、よくもまぁ軽々と持ち上げられるな……と感心して、笑ってしまった。

笑ったのなんて、何年ぶりだろう。

誰かを挑発したり、ケンカを売ったりするための笑い方じゃなくて、純粋に、微笑ましくて、ふとこぼれるような笑み。

フィキの肩口に額を預けるように頭を抱かれ、凭《もた》れかけさせられる。

すると、フィキの匂いが濃く薫った。他人の匂いなんて気持ち悪いだけのはずなのに、いまはそれすら気にならなかった。

人間に触れられるなんて死んでもいやだったのに、そんなことすらもうどうでもよくなっていた。

＊

「…………」

どこだ、ここ。知らない部屋だ。

でも、どことなく見知った景色でもある。

たぶん、ここは、小隊の砦にある宿舎だ。そのなかでも、銀種が寝起きする宿舎ではなく、高級将校用の宿舎のほうだ。普請《ふしん》がしっかりしていて、内装は豪華で、全体的に間取りが広い。居室と寝室も別になっていて、備え付けの家具も上等だ。寝台の寝心地さえ、ネスが使っているものとは違い、格段に寝心地が好い。それどころか、背中に触れる敷布や、後ろ頭を預けているクッション、肌に触れるすべてが心地好い。

心地好くて、気持ちいい。

いつ、砦に戻ってきて、ここへ寝かされたのかも覚えていない。

おそらくはフィキに運ばれたのだろうが、どこか夢見心地で、思考がまとまらない。

「……っ、んぅ」

自分の口から、聞いたこともないような声が漏れ出る。

夢見心地にも、ひどくやらしい声を出してしまったような気がして、恥ずかしい。

「ん、ぁ……」

ぼんやりしていると、また、声が出た。

それも、さっきよりも大きな声だ。

二度目は一度目よりも意識がはっきりしているせいか、余計に恥ずかしくて、誰かに聞かれてはいまいかと他人の気配を探った。

「あぁ、正気に戻ったか？」

「……っんで、アンタが……」

目の前にフィキがいた。

ネスを裸に剥《む》いて寝台に押し倒し、なんの断りもなく肌に触れている。

フィキ自身は、軍服の襟元を寛げた以外は、出撃した時となにも変わっていない。ネスの血に汚れた衣服もそのままだ。ただ、その手だけは清められていて、優しくネスに触れている。

大きな手がネスの太腿を掴む。ネスは背も高く、貧弱な体ではない。それでも、いとも容易く、軽々と脚を持ち上げる。

「ン……ぁ、っ……」

また、声が出る。

フィキは、開かせたネスの股の間に己の胴体を割り込ませ、ネスの足を掴んでいるのとは逆の手でネスの下肢に触れる。

ネスの陰茎ではなく、排泄器のほうだ。そこへ指を根元まで含ませ、粘つく音を立てて出し入れし、これからフィキが使う穴のゆるみ具合を確認している。

ネスが眠っている間に、フィキの手で随分とそこを弄《いじ》られたようで、フィキのごつい指が四本も入っても痛みがなく、それどころか、腹の中で動かされるたびに声が溢れた。

腹の内側を撫でる指の皮膚の感触。腸壁の波打つ粘膜を撫でる動き。指を曲げた時に触れる関節の骨の固さ。他人の体温が自分の内側を掻き乱す、その違和感や、圧迫感。

「……っ、ぅ」

ずるりと指が抜け落ちていく感触は、身悶《みもだ》えるほどの快感がある。

ネスはそれを素直に受け止めることもできず、眉根を寄せ、頭の傍にあるクッションを引き寄せ、顔を埋《うず》める。

指が抜け落ちて、腹が空になる喪失感が、いつまでも内側に残っている。

あの節くれた指を四本もそろえて根元まで咥えさせられていたのだ。ネスが目覚める前から、きっと長い時間をかけて、窄《すぼ》まりがしっかりと閉じなくなるくらい開かれていたのだ。そのせいで、自分の体なのに、自分のものではないような違和感が続く。

ネスが息をするたびに、ゆるく開いたままのそこはわずかすらも閉じず、ついさっきまでフィキに撫でられていた腹の奥の肉をうねらせ、ぐじゅりと音を立てて隙間から腸液を漏らす。

フィキの指がもう一度そこに触れる。

括約筋のふちに親指を引っかけ、残りの指で尻の肉を掴み、横に伸ばすように開く。ネスの足を持っていた手が離れて、フィキは己の陰茎を手にすると、その先端をネスのそこに押し当てた。

「……あ、っ、ぐ」

喉の奥で空気が潰れたような、唸り声が出る。

ネスが臍《へそ》のあたりを見やると、半勃ちの自分の陰茎があった。先走りを垂らしたそれが、臍に水たまりを作っている。

そこからもっと下へ視線を落とすと、フィキの体があった。

「……っは」

笑い声が漏れた。

そこで、これが夢でも幻でもないとネスはやっと気付く。

俺と、フィキが、体を繋げている。

俺がちょっとぼんやりしている間に、この男は勝手に俺を剥いて、寝床に放り投げて、組み敷いて、ケツに突っ込んだ。

　他人に体を触られるのは嫌いだ。ましてや、意識のない時に、ネスの同意なしに行為に及ばれるなどは、殴り殺してやりたくなるほど腹が立つ。

「事後承諾ですまん」

「う、ぁ……っあ」

　怒鳴ろうとしたのに、出てきたのは喘《あえ》ぎ声だ。

「悪いようにはしない」

「か、って……に、人のケツ……いじんじゃ、ねぇ……よっ」

　腹筋に力を入れないように、ネスは声を絞り出す。

　怒鳴ったり、怒ったり、大声を出そうとすると、腹筋を使って尻を締めてしまい、ネスが出したくもない声が出てしまうからだ。

「お前が欲しがったから」

「だから……って、寝てる奴の言うことっ……真に受けんなっ！」

「責任はとる」

「いらねぇよっ！　抜けよっ！」

「……この状況で？」

「抜け……っ」

「分かった」

「……ひっ、ぅ」

「……ネス」

腰を引くなりネスが良い声で鳴くから、フィキは中途半端で腰を止めることになる。

「っせぇ……ま、て……動くな……」

もういやだ。変な声ばっかり出る。

ネスが自覚している以上に後ろはぐずぐずで、フィキが動くたびに背を丸めて快楽に耐えなくてはならない。

内腿が震えて、その震えが腹の底まで響いて、ただそれだけのことで、勝手に体が気持ち良くなる。

これは、この男が手練手管に長《た》けているのか、二人の体の相性が良いだけなのか、それとも、自分だけの特別な人間と交わるとこんなふうになるものなのだろうか……。

ネスには、どれが正解なのか分からない。

絶対者に生き返らされることに慣れていない銀種は、その感覚に酔うと聞いている。酔った状態で絶対者と交わると、どんな相手との行為よりも最高の経験になるそうだ。

一度でも知ると、離れられなくなるそうだ。

だが、それは、気持ちいいことに溺れているだけだ。ネスはそう思う。だって、ネスはこの男が嫌いだ。人間は嫌いだ。成り行き上、この男と契約してしまったが、根本的には嫌いだ。

嫌いな奴との交尾でも、絶対者との交尾だから気持ちいいだけだ。

「テメェのちんこが気持ちいいんじゃねぇからな！」

「……分かった」

「とっとと終われ！」

「お前が満足すれば終わる」

フィキの声はすこし熱を孕《はら》んでいる。

けれども、冷静さは欠片《かけら》も失っていない。

ネスを満足させるためだけに、己の体を使って奉仕している。

「……あぁ、もう……くそっ……」

ネスは悪態をつく。

「……ネス？」

「いや、だ」

おそらく、ネスの拒絶は聞き入れられないだろう。

それは、ネスも分かっている。

だって、ネスの声が甘い。弱々しくて、とろけていて、言葉の端々に「ほしい」という欲が滲み出てしまっている。

それでも、心が望むものとは真逆のことを言わずにいられない性分なのだ。

「テメェ……あとで、殴ってやる……っ」

「好きなだけ罵《ののし》れ」

死ぬよりも、罵れるくらい元気なほうがいい。

ネスのなにもかもを許すように、フィキが目元だけで笑う。

「ちく、しょ……っこの、ふざ、けんな……っ」

なんでそんなふうに笑う。

そんなふうに優しい目をされたら、なにもかもすべて許してしまう。

「はっ、ぁ……あっ、ぁ」

悔しいことに、体まで許してしまう。

腹の中にフィキの陰茎が戻ってくる。強引に肉を割り開き、ずぶずぶと身を沈めていく。

他人の熱で、自分の内側が埋められていく。

行き場のないネスの手が、意味もなく寝台を殴り、自分の拳の内側に爪を立てる。

身をよじって、耐える。

これが終われば、俺が満足すれば、体は落ち着く。心も平静を取り戻す。それまでの我慢だと言い聞かせる。嫌いな奴に身を委ねるのは、これが最初で最後だと奥歯を噛みしめる。

ネスは己の心を奮い立たせ、フィキを睨みつけた。

フィキは素知らぬ顔をして、ネスの腹を蹂躙《じゅうりん》する。

吐きそうなほど大きな一物で深く抉り、手慰みのようにネスの陰茎を扱《しご》く。

「お前、初めてじゃないな」

それどころか、繊細な話題さえ平気で口にして、ネスの心に踏み込んでくる。

ネスの心と体。その両方が乱れる場所を的確に把握して、無遠慮にネスの過去に触れてくる。

「それ、以上……入ってくんなっ」

「どちらだ？」

心と、体。

フィキの問いかけに、ネスは両方だと心中で毒づく。

「……入って、くんなよ……っ」

握りしめた拳を振り上げ、振り下ろす先を見つけられず、力なく寝台を殴る。

殴ったその掌が開いて、指がたわみ、寝具を握り締めるものに変わる。

どれほどの長い時間、この体をフィキの自由にされていたのか分からない。ネスの体はフィキの支配下に置かれていて、ネスの意思ではなくフィキの動きに合わせて反応する。

フィキはネスの腹具合を確かめるように陰茎を突き入れ、ネスの内腿の震えや苦痛以外の息遣いを感じ取って鼻先で笑い、「お前の腹を犯しているのは俺だ」とネスに教えるように、わざとらしく時間をかけて引き抜く。

拷問のような快楽で、ネスを追い上げる。

「いや、だ……っ」

いやなのに、身に馴染《なじ》みのある感覚がネスを襲う。

後ろを犯されながら射精させられる。自慰で絶頂を迎えるような勢いのある射精とは異なり、亀頭からどろりと吐き出すような射精だ。ネスの腹筋に惨めったらしく白濁が溜まっていき、ネスの心を、ひとつ、またひとつとへし折っていく。

精巣《せいそう》や精嚢《せいのう》の射精するのための動きは、後ろに咥え込まされている陰茎を締める動きに似ていて、ネスは射精しながらも精嚢を押し潰されることで快感を得てしまう。

射精に伴う下腹の重怠《おもだる》さや、腹の中にオスを嵌《は》められてしか得ることのできないメスの切なさ。オスとメス、両方の快楽を延々と終わりなくずっと感じさせられ続ける。

「ぁー……っぉ、ぁ、……っ、ぅ……ぉぁあ」

獣のように唸《うな》り、乱れる。

フィキは、逃げようとするネスをその手に捕らえ、何度も、何度も、ネスを絶頂へ導く。

強制的に、ネスの体を暴く。

「うし、ろ……ぃや、だ……っ、もぅ、……いやだっ、しぬ……っ」

「死なない。死んでも生き返らせてやる」

「しにた、い、っ……い、やだ……、落ちる……っ」

頭が真っ白になったり、真っ黒になったり、腰から、体から、力が抜ける。

落ちる場所なんてないのに、意識が落ちそうになる。

心も、体も、自分の管理の外に落ちそうになる。

こわい。

死にたい。

「死なせない。落ちても救い上げて、何度でも俺の腕のなかで目覚めさせて、犯してやる」

「ひっ、……」

なんでか分からない。

いまのフィキの言葉を聞いて、ネスはまたすこし射精している。

もう、感情も、情緒も、心も、頭も、快楽を受け止める器官も、体も、めちゃくちゃだ。なにをされても、どんな言葉も、恐怖も、快感も、ぜんぶ射精に繋がる。

嫌いだ、この男。

大嫌いだ。いままで会った人間のなかで、一番嫌いだ。大嫌いだ。

嫌いだと思わないと、やってられない。

自分を保てない。

今の時点でもうちっとも保てていないのに、「嫌いだ」という感情すら捨ててしまったら、ネスはもうまったく自分を取り繕えなくなって、ひどく淫乱な自分を晒《さら》してしまうことになる。

「……ネス」

大嫌いな男が、ネスの名を呼ぶ。

「う、ぁ……あ」

喘ぎ声に、泣き声が混じった。

自分の心が、もうよく分からなかった。

フィキのことは、もっとよく分からなかった。

ネスを抱くフィキの考え。死にかけのネスを案じるフィキの気持ち。必死になってネスを死なせまいとしたフィキの行動。ネスを生きさせようとしてくれたフィキの心。

フィキのことは、分からない。

けれども、ネスはフィキの心に触れてしまった。

フィキのその心は、どう足掻《あが》いても否定できないネスへの誠意だ。好意を伴っていなくても、そこにはフィキの誠実さがあった。だって、すくなくともフィキはネスの死に際に寄り添ってくれた。ネスに、誰かに看取られて死ぬのことの喜びを教えてくれた。その喜びに戸惑いつつも、己の心が悦《よろこ》んでいることを、ネスは自覚していた。

いろんな感覚が溢れて、ネスは、自分が怒りたいのか、泣きたいのか、笑い飛ばしたいのか、殴りたいのか、喘ぎたいのか、この快楽に溺れたいのか、死にたいのか、分からなかった。

こんなにも心があちこちに飛び跳ねて、自分で制御できないのは初めてだった。

「アンタの……っ、せいで！」

ネスはそれだけを絞り出す。

自分の心に裏切られた気分だ。

拳を握りしめ、きつく内側に爪を立て、自問自答する。

どう生きて死ねばいいのか分からない。

憤りと、戸惑いと、混乱のすべてをフィキにぶつける。

「好きに生きろ、お前の心は俺が引き受ける」

そうしたら、フィキが背負った。

ネスの心まで、フィキが請け負った。

それじゃあ本当にフィキがネスの絶対者だ。

ネスは握ったままの拳を振り上げ、自分に抗おうとして……フィキの胸を殴り、諦めた。

＊

砦に帰還したフィキが最初にしたことは、報告をほかの者に任せて、ネスを自分の寝室に連れ込んだことだ。砦に赴任してそのまま出撃したから、まだ荷物も運び入れていないような部屋だ。

なにも別にネスの生意気な鼻っ柱を折るために、ネスを犯そうと思ったわけではない。

フィキの腕に抱かれたネスがひどく発情した顔でフィキを一心に見つめて、勃起した一物を体に擦り付けてきたから寝室に連れ込んだだけだ。

絶対者からの初めての口づけで生き返ったネスは、その感覚に酔い、自分から誘っていることにも気付いていない様子だった。

フィキは、この砦におけるネスの立場を崩さないことを心がけたし、己の外套でネスのいやらしい仕草や表情を隠す配慮も怠らなかった。

ネスは、仲間の銀種たちに慕われているようだったし、司令官のバルビゲルも、「能力だけなら誰にも引けをとらない」とネスの実力を認めているし、実戦においてもネスは優秀な司令塔だった。

そんな男が、フィキという絶対者を得たことで、心を乱し、発情するさまを戦友に見られることは羞恥のはずだ。この十七特殊戦は、それほど広くない砦だが、戦友以外の者たちにもこの淫らな姿を見られたなら、即座に噂は広まるだろう。それだけは回避してやりたかった。

フィキは、絶対者と契約して発情した銀種を何度か見かけたことがあった。

だが、自分が絶対者となり、発情した自分の銀種を目にするのは初めてだった。

契約したばかりのネスは、初めてのことに心が追いつかず、ずっとなにかに戸惑って、狼狽《うろた》えていた。

自分の生死を特定の誰かに委ねる。誰かに頼る。誰かに預ける。誰かを信じる。

フィキという人間を信頼してしまった。

それらの事実が、感覚的に受け入れられなかったのだろう。

死に際で意識が朦朧《もうろう》としていて、心が弱っていたとはいえ、フィキと契約してしまった自分自身の判断を信じられないのだろう。

ネスはどこかぼんやりとして、無防備で、そのくせ、フィキに敵意を剥き出しにして抗うのに、フィキから離れなかった。

一般的に、銀種は心に弱いところがある、という共通認識がある。

ネスは、その一般常識を自分に当て嵌めることを忌避しているように見受けられた。

ネスは、自分を強く見せたいのだろう。ネスが強がって生きていることは、最初から手に取るように分かっていたが、その傾向が特に顕著だった。

……まぁ、実際にネスは強いのだから、単なる見せかけや虚勢ではないのだが……、それでも、今日まで強者であろうと心がけて生きてきたネスが、自分のなかにある弱さに直面したのは確かだ。

フィキの行動が、ネスの心を揺さぶった。

ネスは、その感情の揺れに脅えた。

事実、フィキがネスを抱いている間、ずっと、ネスの指先も、唇も、震えていた。

災種と戦っていた時の勇敢さや、死を選ぶ潔さなんて欠片も窺《うかが》えなかった。

それこそまるで、脅える小動物のようだった。

それが、フィキには可愛く映った。

フィキの一挙手一投足で、感情を揺さぶられる生き物が目の前にいる。

いままで、誰一人として自分の絶対者にすることを許さなかった孤高の銀種が、フィキのものになった。

出会ったばかりの初日に、フィキの命じた言葉に従った。

フィキは、ネスが好きなわけではない。なにせ、今日、出会ったばかりだ。出会ってすぐに恋に落ちるほどフィキは夢見がちではないし、恋だの愛だのに理想を抱く年頃でもない。

ただ、ネスの生き方が気に食わないから、自分のものにしただけだ。

ネスの信念、ネスの生き方、死に方。それがあまりにも気に食わないから、フィキは、ネスのその心を捻《ね》じ伏せるためだけに、ネスを自分のものにしただけだ。

人間とは生き方の違う生き物に、人間の生き方を押し付けるのは傲慢だ。

これは、フィキの傲慢だ。

それでも、フィキは、ネスと契約することにも、ネスの戸惑いを受け入れることにも、落ち着かせるために抱くことにも、なんの躊躇《ためら》いもなかった。

自分の銀種を慰めるために体を繋げることは、たいした問題ではなかった。

ネスは、契約によって、自分の生き死にの権限をフィキに委ねたのだ。

己の生死を、フィキに委ねたのだ。

人間嫌いの銀種から命を捧げられて悪い気がする男はいない。甘露のごとき告白や、傾国からの誘惑よりも、銀種から命を預けられることは軍人にとっての栄誉だ。

銀種の心を捧げられたことは、なによりもフィキの心を満足させた。

それに、発情した銀種は、絶対者と離れることを嫌う。

特に、契約したばかりの銀種はそれが顕著だ。

心も、体も、すべて、絶対者と繋がっていなければ不安を感じる。

絶対者と離れることを泣いていやがって、絶対者が傍にいないことに脅えて、その恐ろしさのあまり、自分で死んでしまいそうになる。

ネス自身も銀種のそういった特性を承知のくせに、そんなことを冷静に思いつく余裕もなく取り乱し、フィキに救いを求めた。

契約から時間が経てば、次第に、契約して間もない頃の絶対者への際限のない飢餓感も落ち着くらしいが、絶対者に対するその異様とも言える執着そのものが消えるわけではない。

根本的に、銀種は一度でも自分の絶対者を得たら、永遠にその絶対者に執着する。

おそろしいほどに依存する。

だが、銀種は個体差が激しく、どのようにそれが顕在化するかは不明だ。統計をとってもあまり意味がなく、一人一人、それぞれの銀種に見合った対処法をとって、絶対者が傍にいてやらなくてはならない。

ネスにはフィキがいる。それを教えてやらなくてはならない。

もちろん、たった一度きりの体の関係で教え込めるものではない。

信頼関係というのは、そう簡単に築けるものではないのだから……。

「好きに生きろ、お前の心は俺が引き受ける」

フィキのその言葉に、大きな意味はない。

ただ、誰かを大事にするくせに誰かに大事にされることを知らない生き物に、「お前の心の拠り所はここにある。俺にはお前のすべてを引き受けるその覚悟がある」ということを伝えたかっただけだ。

それを伝えるために抱いたつもりだ。

そのせいでネスは余計に脅えて、人間から優しくされることを気味悪く感じて、意味や理由の分からない他人からの気遣いや肌のぬくもりに拒否感を覚えて、さらに混乱したのだが……。

そんなネスが可哀想で、可愛くもあった。

ネスを見ていると、多少の加虐心が疼《うず》くのは事実だった。

あぁいう生き物は、好ましい。

自分好みに仕込めば、職務上の良い伴侶となる。

そういう生き物を見つけるために、フィキはこの十七特殊戦に来たのだ。

それに、心は嘘をつく。

言葉はもっと嘘をつく。

「……っ、いや、だ……」

どれだけネスが己の心を取り繕おうとも、体は素直に開く。

ネスはフィキを受け入れ、悦び、幾度となく欲しがった。

勝手に腰を揺らし、股を大きく開き、内腿の筋肉を引き攣らせ、幾度となく達した。

受け身の経験があるようで、女を抱くよりも容易《たやす》かった。濡れはしないが、後ろで男を咥え込むことを体が覚えていて、自分が快楽を得る場所をフィキの陰茎に押し当てていた。

ネスは、自分がそうして浅ましいねだり方をすることすら許せないらしく、常に爪先を掌に食い込ませ、血が滲むほどきつく拳を握り、唇を噛み、何度も寝台を殴り、身をよじって己に抗っていた。

だが、ネスの陰茎が萎えることはなかった。それどころかだらしのない射精を繰り返し、そこが空になれば、陰茎を震わせるだけで果てた。ただ、後ろの穴だけで女のように絶頂を迎えることはできないらしく、それだけは自分が仕込めるとフィキは喜んだ。

誰に仕込まれたのかは知らないが、男好きのする体だった。

昼間の、あのクソ生意気で、上官にも不遜な態度を崩さないネスが、こんな体を軍服の下に飼っているとは……思いもよらなかった。

この淫乱な体を、よくもいままで持て余さず隠し通してきたものだ。

「……ネス」

名前を呼んでやる。

すっかりとろけて、呆けて、ぐずぐずのネスの意識を自分へ向けさせる。

ぐちゃぐちゃと粘着質な音をわざと聞かせるように腰を使い、白く泡立つ結合部に指を這わせ、めくれあがった薄い粘膜を撫でる。括約筋の襞《ひだ》はオスの陰茎にまとわりつき、気持ち良さそうにゆるむ。上の減らず口とは異なり、そこは健気で可愛げがあった。

「分かるか、ネス？　お前はいま、俺に抱かれているんだ」

卑猥な色で艶めく肉がへこむほど深く穿《うが》つ。

過去、ネスを抱いた男どもによって中途半端に道を作られた腸壁は、フィキを咥えるには狭い。

「……ぉ、あっ」

ネスの声質が変わる。

「あぁ、ここまで男を咥え込んだことがないんだな」

ネスの腹の、臍の向こうを掌でゆるく圧迫する。

この腹の奥深くまでは男を迎え入れたことがないらしい。これでもまだフィキは手加減をしてやっているのだ。この腹の奥を開いて、陰茎の形に腹が膨れるほど犯してやることもできるが、それはこれからだ。

どうせ、一度では終わらない関係なのだ。

恋も愛もなくとも、銀種と絶対者は離れられないのだ。

すくなくとも、フィキは、ネスが嫌いではない。

「ひ……っ、あ」

ネスが悲鳴を上げる。

フィキの出した精液が、己の腹に注がれるその感覚に、身悶えている。

ネスは、取り乱す己を取り繕うように「いやだ……っ」と叫ぶ。

自分を守るために、心は嘘をつく。

ネスの心がどんな嘘をついているのか。

「お前は嘘が下手だからな」

ネスは、気遣いが不器用で、仲間への思いやりはぶっきらぼうで、嘘が下手。

これから時間をかけて、ひとつずつそれを暴いてやる。

フィキは、ネスに口づけた。

ネスはフィキの唇を噛み、睨み、フィキの髪を掴んで自分から遠ざけ、……本能の趣くまま
噛みつくようにフィキの唇を奪った。

【2】


ネスとフィキが契約して三十日が経過した。

つまりはフィキの研修期間の三分の一が終了したということだ。

三十一日目の夕方、今日も、災種との戦闘を終えたネスたちの分隊が十七特殊戦の砦に帰投した。

「なぜそういう戦い方をする！」

「護衛官が口出しすんな！」

「護衛官ではなく絶対者だ！　それもお前のな！」

「知らん！　毎回毎回、俺の前に立つな！　邪魔だ！」

「ネス！　こら、待て！　話を聞け！」

「あー！　もう！　うっせぇな！」

ネスとフィキの言い争いも毎日のことで、二人の口喧嘩を耳にする砦の仲間たちも「あぁ、いつもの夫婦喧嘩か……」と笑っていた。

「あの二人、またケンカしてるの……？」

「どっちも同じくらいうるさいよね」

談話室でお茶を飲んでいたサルスとライカリが顔を見合わせる。

そこにほかの銀種たちも加わって、ここ一ヵ月近くですっかり見慣れたケンカの風景を茶化し始めた。

「先週またネスが人間の身代わりになって死んだのに、今日のあの戦い方でしょ？　そりゃまぁ絶対者からしたら怒って当然よね」

「……ていうか、帝都の高級将校様相手にあれだけ言い返す……って、ネス、勇気あるな」

「先週、その高級将校様相手に取っ組み合いのケンカしたとこなのにね」

「ちっとも反省してないね」

「ネスなりに反省してるでしょ？　今週は殴り合いのケンカしてないし、あぁやって口喧嘩だけで我慢してるしさ」

「……ネスって、いままでは一ヵ月に四回は死んでたよね？　新人とか後輩の世話役も任されてるし、その子たち庇って死ぬ確率が高いのはしょうがないしさ」

「でも、この三十日でたった二回だよ。その二回のうち一回は将校様の赴任してきた初日で、もう一回は、ネスが将校様に内緒で出撃して死んだ一回。今月なんかまだゼロ。……すごいよね。あの絶対者と一緒に戦うようになってから死亡率が五割も下がってるんだから」

「めちゃくちゃ相性いいね」

「だよね～。たった一ヵ月であんなにケンカできるくらい仲良しになれるってすごいよね」

「ふざけんな！　仲良しじゃねぇよ！」

好き放題言う仲間たちに、ネスは言い返す。

戦闘、哨戒《しょうかい》、巡回、任務の内容は多岐に渡るが、ネスとフィキは、二人で外へ出るたびにケンカして帰ってくる。時には、出動前からケンカしながら砦を出て行って、帰ってきた時にもケンカしていて、任務中もずっとケンカしていた……なんてこともある。

「とにかく、ついて来んな！　あと！　これ以上ケンカしないために距離とってんだから、追いかけてくんなよ！」

ネスはフィキを振り切り、廊下に出た。

後ろを振り返って、フィキが追いかけてこないことを確認して、大股歩きで廊下を進む。

追いかけて来ても腹が立つが、追いかけて来なくても腹が立つ。

「ネス、待って！」

「……おう、ライカリ。どうした？」

廊下の角を曲がったところで、ネスの隣にライカリが並んだ。

「あのさ、なんでそんなにフィキさんとケンカするの？」

「なんで……って……、アイツ、勝手に俺と契約結んだんだぞ？」

「でも、あの時、ネスも、はい、って言ったじゃん」

「……いや、あれは……ほら、死にそうだったから……、普通さ、そういう時に契約申し込んでくるか？　申し込んでこねぇだろ？」

「ん～……まぁ、申し込んでこないけどさ……」

ライカリはそばかすの多い横顔で苦笑している。

ネスになにか用があったわけではなく、どうやらネスを気にして追いかけて来てくれたらしい。

「フィキさん、わりとイイ人間っぽいよ？」

「……それはそうかもしんないけど、なんか、いろんな感情がこう……ぐちゃぐちゃして、考えれば考えるほど、なんで俺がアイツのことでこんな気持ちになんなきゃなんないんだって思えて……ってのも、あるんだけど……まぁ、根本的には生きてる感覚が合わないんだよ」

「そりゃしょうがないよ。銀種と人間だもん」

「自分の隣に誰かがいるっていうのが落ち着かないんだよ。戦うにしても、メシ食うにしても、作戦会議にしても、当然のようにあいつが隣にいるのがいやなんだよ。なんか、調子狂う」

苛立つ。

視界内に他人がずっといることが耐えられない。

特に、戦闘中は苛立つことが多い。フィキがなにかとネスを庇う動作をするからだ。

「アイツ、当たり前のように戦闘中に俺の盾になるだろ？」

「なるね。近年稀にみる信頼に足る絶対者って感じ。護衛官なんか、俺たちの盾のくせに自分が怪我したくないからってすぐ逃げる奴多いしね。……でも、フィキさんみたいに、ちゃんと守ってくれるならいいじゃん。ネスが司令塔になれない時にフィキさんが指示くれるから、銀種全体の死亡率と負傷率も下がってるよ」

「それも気に食わない」

「できる男じゃん」

「むかつく」

「自分の仕事取られて悔しいの？」

「違う。なんで俺がやってることをあいつが背負う必要があんのか分かんないからむかつくんだよ。訳が分からん。俺は別に助けて欲しいって望んでないし、手伝ってくれとも言ってない。俺が自分でできることを、あいつがする必要ないだろ」

フィキが盾になる必要はない。傷つく必要もない。ネスの代わりに前線で指揮をとる必要もない。一回きりしかない命なのに、ネスのために無駄に消耗する必要はない。

その命は、大事に使うべきだ。

誰かのために、……銀種のために涙を流せるような貴重な人間は、こんなところで簡単に死ぬべきではない。

「ちゃんとフィキさんと話したら？　いまのネスの気持ち、フィキさんに伝えてる？」

「だから、毎日言ってんじゃん。お前も聞いてるだろ？」

「どういうこと言ってるの？」

「邪魔だから下がれ、俺はアンタになんもしてほしくない、盾にもなるな」

「怒りに任せて伝えてもケンカになるだけだよ。ちゃんとフィキさんの話も聞いてさ、話し合いなよ」

「………………」

十五歳に正論で諭されて、ネスは押し黙る。

「分かった？　ケンカせずに話をするんだよ？」

「やだ」

「……ネス～」

「だって、分かり合うつもりないのに話し合っても無駄だろ。俺の意志は俺の意志だ。アイツと折り合うつもりはないし、落としどころを見つけるつもりもない。……それよりライカリ、お前、なんでアイツをさん付けで呼んでんだよ」

「だって、こないだ勉強の分かんないとこ教えてくれたから」

「…………懐柔されてんじゃんか」

ライカリはすっかりフィキに懐いているようだ。

まだ十五歳のライカリは、任務時間がすこし短い代わりに、学問の時間が課されている。学校に通う銀種がほとんどいない世界だ。それでも、軍にいる限りは、任務内容や命令を埋解する程度の知識が必要となる。それゆえに、銀種にも人間同様に学ぶ機会を与えてやろうという国の配慮だった。

任務に就きながらの学業となるので、学校に通うのではなく自主学習だ。人間の子供が通う学校に銀種が入ることは国が認めていない。だから、学課で分からないことがあれば、必然的に、目上の銀種に教えを乞うことが多かった。

ライカリの場合、いつもは自分の姉に勉強を見てもらっていたが、いまはそれができない状況なので、最近、何度かフィキに勉強を見てもらったらしい。

「フィキさん、喋り声が静かだし、怒らないし、殴らないし、一回で理解できなくても蹴らないし、ちゃんと丁寧に教えてくれるし、……教えてもらってる時に、俺、初めて勉強が楽しいって思ったよ」

「ライカリ、お前の人間相手にした時の社交性すごいな」

「俺は姉ちゃんに守ってもらってきたから、人間に意地悪された経験少ないしね」

時間だけで見れば、ネスのほうがずっと長い時間フィキと一緒にいるが、ライカリのようにはいかない。

やはり、ともに過ごす時間の長さより、会話の質が重要なのだろう。

「……で、ネスはなにしてるの？」

「あー……、うん、まぁ……」

ネスは医務室へ入り、人間の医務官を無視して通り過ぎ、備品棚から勝手に消毒液の瓶と綿《めん》布《ぶ》と包帯を拝借し、医務室を出る。

医務官は、二人の銀種を言葉で咎めることはないが、「銀種に使ってやる薬はないぞ」と嫌味を言い、自分の持ち場を荒らされて不愉快そうな顔する。

ネスは医務官の言葉には反応せず、人間を眼中にすら入れていないように振る舞う。ライカリは「相変わらず、ネスの人間嫌いは徹底してるなぁ……」と思いながらネスの後ろをくっついて歩く。

ネスは医務室から持ち出した物を片手に、談話室へ戻った。

フィキはまだそこにいた。

「おい！」

ネスはフィキに向けて声を張り、手に持っていた包帯を投げる。

フィキがそれを受け取るのを確認してから、綿布と消毒液の瓶も投げた。

フィキがぜんぶ受け取ってから、ネスは踵《きびす》を返す。

「ネス、……どういうこと？」

ライカリが大きな目を瞬く。

「アイツ、さっきの任務で俺を庇って足に怪我したんだよ」

「だから、包帯とか持っていってあげたの？」

「怪我してるからな」

「…………分かんない」

ライカリは首を傾げた。

ケンカはするのに、心配もする。嫌いだと言っているのに、優しくする。

ネスのすることはぜんぶ正反対だ。

「だって痛いの可哀想だろ」

ネスは宿舎へ足を向けた。

夜間任務までの数時間、仮眠する予定だった。

「ネス！」

包帯片手にフィキが追いかけてきた。

「じゃあ、俺、あっち行くね。ネスはちゃんと話しなよ」

ライカリが気を利かせてその場を辞し、ネスとフィキの二人だけにする。

「なんか用か？」

ネスは立ち止まり、フィキを睨みつけた。

「あぁ。これ、ありがとう」

フィキが自分の手にある包帯に視線を落とす。

「そんなくだんねぇことで呼び止めるな」

「もうひとつ用がある。こちらが本題だ」

「俺の戦い方が気に入らないって話なら聞かない」

「その話だ」

「じゃあな」

フィキに背を向ける。

「待て」

フィキがネスの手首を掴んだ。

「放せ」

「話が終わるまで放さない」

「放せっつってんだろ」

ネスの手を掴むフィキの手は、力強い。

力強いが、振りほどけないほどではない。

だが、ネスはそれを振りほどかず、手を掴まれたままフィキに向き直る。

「ネス？」

「いきなり触るな。掴むな。体温が気持ち悪い」

「……？」

「他人の体温が嫌いだ、慣れてない」

「…………」

「銀種の特性、アンタも知ってるだろ」

「……それは、すまん」

フィキは素直に手を離し、詫びた。

「アンタだけがいやなんじゃなくて、誰に触られるのも好きじゃないだけだ」

ネスは、掴まれていた箇所をもう片方の手で拭うように自分の手で触れる。

この三十日間で、ネスとフィキが直接的に触れあったのは、数えるほどだ。任務中に、フィキが一方的にネスを庇う時に肩を抱いてきたり、ネスの頭を抱いて懐に庇う時にすこし触れる程度。それ以外は、死んだ時に生き返るための口づけだが、唇を重ねる瞬間のネスは死んでいるので、フィキがどんなふうに触れてくるのか知らない。

知らないほうが幸せだ。

銀種の多くは、人間に触れられることを嫌う。

特にネスは、他人に触れられることが嫌いだ。

「アンタ、どの銀種に対してもそんな態度なら、それはやめろよ。泣いて暴れる奴もいるから」

「お前だけだ」

「…………」

「お前でなければ触らない。俺はお前の絶対者だから、お前にしか触れない」

「……………あぁ、そう……」

「いきなりでなければ触れてもいいのか？」

「…………それは……」

そういう質問をされたのは初めてで、ネスは返答に詰まる。

「平時は事前に予告して、お前の許可を得る。だが、有事は突然お前に触れる場合もある。俺の役目は、災種からお前を守ることだ。これまでも事前予告なく何度かお前に触れているが、それも不快に思っていたなら詫びねばならん」

「…………俺の気分の問題だから、戦闘中のことは気にしなくていい」

任務中は、そんな些細《ささい》なことに気を回している余裕がない。

ほかに意識を向ける必要のない、いまみたいな時に困るだけだ。

それに、実のところ、触れられて困るだけで、いやではないのだ。

「俺が気分屋なだけだ。俺の我儘。アンタはいままでどおりでいい」

「お前は気分屋ではないし、我儘でもない、そもそも、それは気分ではなく、気持ちの問題だ。銀種への配慮を怠った俺に非がある。絶対者である俺が気を配るべき問題だった。謝罪する」

「……そりゃ、どうも」

調子が狂う。

このフィキという男は、なんでもかんでもネスの意見を聞き入れて、分かり合おうとしてくる。ひとつひとつ、丁寧に、距離を詰めてくる。

ネスが気付いた時には、ひとつ、ひとつ……、フィキに自分の気持ちを説明してしまっている。自分という生き物を理解してもらうための努力をしてしまっている。

隠したい自分の感情を伝えてしまっている。

「ネス、俺はお前の戦い方が嫌いだ」

「……いきなり話を変えんなよ」

「こちらが本題だ。……お前は、自分が死ぬことを前提にして戦う」

「……それで?」

「自分の身をまったく顧みないし、自分を大切にしない。絶対者でもある俺の命令もきかない。たとえお前が何度でも生き返る銀種であったとしても、その戦い方は見ていて納得のいくものではない」

「アンタを信じて、アンタを頼れば死なずに生き残れる可能性もあるのに、俺がそうしないから？」

「そうだ」

「でも、死ぬならまず俺だ」

誰かが傷ついたり、死ぬくらいなら、自分が死ぬ。

誰かが死ぬなら自分が死んだほうがいい。

誰かに死なれるより、自分が死ぬほうがずっと救われる。

「それは、ある意味で勇敢で、勇気あることだが、自己犠牲的だ」

「自己犠牲じゃない。効率の問題だ。俺はほかの銀種より能力が高い。ほかの銀種よりも短時間で生き返ることができる。戦線復帰できるまでの時間が極端に短い。しかも、俺には絶対者も護衛官も家族もいない。アンタを絶対者だと認めてもいない。俺は独りで身軽だ。死ぬなら、そういう奴が死ぬのが効率が良い」

「お前の死を悲しむ者がいない、……と、そういうことか？」

「そういうことだ。死を悲しんでくれる相手がいない奴から死んだほうがいい」

「俺が悲しい」

「……それはちょっとやだな。ごめんな。……でも、アンタの感情はアンタで処理しろ」

ネスはフィキを悲しませるために死んでいるのではない。

それだけは分かってほしいと思ってしまう。

「お前は、典型的な銀種だ。自分の生死に執着を持たない」

「生き返れるからな」

それに、いちいち死ぬことを躊躇していたら戦えない。

「だが、お前は自分が死ぬ時にすごくいやそうな顔をする」

「…………」

「悲しそうだし、痛そうだし、脅えているし、こわがっている」

「……それは、……アンタの、気のせい。思い込み」

「思い込みでも気のせいでもない。俺はお前を二回も看取っているんだ。死に際のお前を一番よく見ているのは俺だ」

「人の死に顔がっつり見てんじゃねぇよ、気持ち悪い」

「あんな顔をするくらいなら死ぬな」

「…………」

ネスは、フィキの表情に戸惑う。

フィキの顔に、初めて苛立ちが見えた。

苛立ちのなかに、見覚えのある表情が見えた。

ネスの死に際に見せた、フィキの泣きそうな表情だ。

おそらくは、ネスに苛立ち、怒り、悲しんでいるのだろう。

この顔には弱い。死に際と、生き返った時に最初に見た表情だからか、この顔をされると、可哀想になってくる。フィキの言うことをすべて聞いてやりたくなってしまう。

けれどもネスはすぐにその感情を遠くへ追いやる。

「お前をなんとかしてやりたいと思っている」

ネスのなにもかもを知ったふうな顔をして、フィキは傲慢に言ってのけた。

「………」

「お前の実力は理解している。不器用ながらも精一杯仲間を思いやっていることも分かっている。俺がお前を庇って負傷した時には、俺よりもお前のほうが傷ついた顔をして、……ごめんと口走る素直さがあることも知っている。だから俺は、お前が自分の命に未練を覚えるくらい、お前の生き方をなんとかしてやりたいと思っている」

「………」

ネスは呆気にとられて、言葉を失う。

ネスの生き方、死に方、戦い方。

二十一年かけて築いてきたこの考えを変えさせるとフィキは断言した。

なんと傲慢な男だろう。まるで、自分の行いこそが正しいと言わんばかりだ。

この男のこういうところが、ネスは嫌いだ。

さっきまでの、可哀想だという感情がすっかり吹き飛んでしまう。

「何度でも死んでやる」

「……ネス？」

「アンタはとっとと俺を生き返らせろ」

ネスはフィキの胸倉をきつく掴み上げ、凄む。

フィキのために心を入れ替えてやるつもりなどない。

絶対に絆《ほだ》されてなんかやらない。

自分の代わりに誰かを先に死なせて、自分が生き残る方法など考えたくもない。

ネスはフィキと分かり合える日など一生来ないと確信した。

*

第十七特殊戦術小隊の砦には、安置室と呼ばれる部屋がある。

その安置室では、現在、四名の銀種が眠っていた。彼ら、彼女らは、災種との戦闘中に死亡した銀種だ。死後、その体はこの安置室に置かれ、生き返る日を待っている。

当直任務を終えたネスは大きな欠伸《あくび》をして、安置室に続く廊下を歩いていた。

「ライカリ」

ネスの前方に、寝ぐせ頭のライカリが歩いていた。

「あ、おはよう、ネス」

「おう、おはようさん。姉ちゃんの見舞いか？　今日は早いな」

ネスはライカリの後ろ頭をがしがしと撫でて掻き乱す。

「も～、やめてよ。せっかく寝ぐせ直してきたのに」

「直ってねぇよ。後ろ頭もしっかり鏡で見てから部屋出てこい」

他愛もない話をしながら、二人は歩く。

「……姉ちゃん、問題なさそうか？」

ネスは、ライカリの姉の様子を尋ねた。

「うん。いまのところ大丈夫そう。表面の傷も治ってきたし、血色も良くなってきたから、あと二ヵ月くらいで目が醒めるんじゃないかな」

「そっか、よかったな」

「うん」

「お前はえらいな、毎日姉ちゃんのこと見舞って」

「ネスもえらいよね。みんなのお見舞い、ほぼ毎日じゃん」

「時間はバラバラだけどな」

ネスも、ライカリも、体が空いた時間に安置室の銀種を見舞っていた。

ライカリの場合は、姉のドルミタが安置室で眠っているからだ。

ネスの場合は、単なる仲間の見舞いだ。

現在、安置室で眠っている銀種全員が絶対者と契約しておらず、戦力外の銀種は護衛官すら付けてもらえない。当然のこと、見舞ってくれる家族もいない。だから、時々、ネスが様子を見に行っていた。皆に変わりはないか確認するためだ。

それに、もし、目覚めた時にネスがいたら、すこしはさみしさが紛れるかもしれない。

ネスにも任務があるから、四六時中ずっと付き添っていることはできないが、まったく誰にも見舞われず、日に二度、定刻に看護官に巡回確認されるだけで、頬に埃《ほこり》が積もろうとも拭ってもらえず、鼠《ねずみ》に指先を齧られようとも放置されているようでは、あまりにも悲しい。

ネスは致命傷でも数日で生き返るが、平均的な能力値の銀種がネスと同程度の傷を負った場合、生き返るまでに三ヵ月から半年ほどかかる。その期間、この安置室に放置されたままだ。

安置室とは銘打っているが、砦の奥の半地下に造られた湿気の多い部屋で、窓もなく、灯りもなく、それこそまるで地下の墓地か、死体置き場の様相だった。

「絶対者がいたら、自分の部屋で寝ていられるのにね」

「自分の銀種が死んだら、絶対者がずっと守るからなぁ……」

絶対者がいる銀種は、大抵、その絶対者と同室で過ごす。

生きていても、死んでいても、絶対者が面倒を見るから、安置室行きにはならない。

絶対者も、死んだ銀種と生活をともにすることを当然だと受け入れている。

だが、世話を焼いてくれる者がいない銀種は、安置室行きだ。

長期間、安置室で横になったまま放置されていても銀種の身体に影響はないのだが、生き返ったばかりの銀種は、自分の置かれている状況を的確に把握できない場合が多い。その結果として、精神的に恐慌状態に陥り、混乱から自傷行為に走ったりもする。

個体によっては、負傷が九割しか治癒していない状況で目覚める場合や、六～七割程度で目覚める場合などもあり、本人が身体の状況を自覚する前に安置室の寝台から起き上がり、その拍子に転倒して、再び負傷する恐れもある。

絶対者が傍にいる銀種ならば、取り乱す前に状況説明をされ、さらなる負傷の危険性も回避してもらえる。だが、絶対者を持たない銀種は、誰もそれをしてくれない。護衛官は、災種との戦闘中に銀種を護衛するだけの役目だから、こういう時に守ることまでは職務に組み込まれていないのだ。

だからこそ、絶対者を持たない銀種は、こうして安置室に安置されていた。

生きている時に安置室の風景を見ておいて、安置室の景色さえ覚えていれば、目を醒ました時に「あぁ、私は死んで生き返って、ここは安置室ね」と状況を把握できるし、混乱も多少で済む。

だから、安置室に放置されることに文句を言う銀種はいなかった。

けれども、誰もいない時に目を醒ます銀種もいる。その時のために、ネスはできるだけ足を運んでいた。

「姉ちゃんにも早く絶対者が見つかればいいのに……」

「女はなぁ……難しいからなぁ……」

銀種にも、護衛官にも、絶対者にも、女がいる。

だが、護衛官と絶対者は、圧倒的に男が多い。銀種の盾になるのが、護衛官と絶対者の役目だからだ。時には、死亡こそしていないが負傷して動けない銀種を抱き上げて運ぶ必要があったり、なにかと体力と筋力を求められる。人間の女性でもそれらが可能な者はいるが、やはり数は少なかった。

絶対者を所持する女の銀種は、ごく稀だ。

基本的に、銀種と絶対者の関係は、切っても切れない信頼関係のうえに成立する。

人間と親しくなることを忌避し、人間との接触を不得手とする銀種が、唯一信頼を寄せられる相手、それが絶対者だ。

己の生き死にを預けるに能《あた》うる絶対者というのは、銀種にとって理想の具現化だ。なにひとつとして疑うことなく自分の命を預けられる存在というのは、滅多にお目にかかれるものではない稀有《けう》な存在だ。

女の銀種と女の絶対者。女の銀種と男の絶対者。男の銀種と男の絶対者。男の銀種と女の絶対者。両者の間で築かれる信頼関係は、時に、恋愛を伴う。すべてがそうなるわけではないが、お互いの性別が恋愛対象だった時、恋人関係や婚姻関係を築く状況が多々見受けられる。

ネスの場合は、成り行きで契約してしまい、成り行きで発情してフィキと肉体関係を持ってしまったが……、女の銀種は、特に、相手をよく見極める必要があった。

「女は妊娠するからなぁ……」

女の銀種も、絶対者と契約した直後は前後不覚になり、ネスと同じような状態になる。生き返った直後も、精神的に不安定になり、時には発情したようになり、絶対者を求めてしまう。

成り行きで性行為に及んでもネスは妊娠しないが、女にはその可能性がある。男の絶対者が大多数を占めるこの軍隊生活で、男の絶対者を選んでしまった女の銀種は、どうしてもその可能性から逃れられない。

絶対者を選ぶということは、万が一、子供ができてしまった時の、自分の伴侶、子供の父親を選ぶという意味合いを持つ。必然的に、女の銀種は絶対者選びに慎重にならざるを得ず、絶対者を持ちたくても持てない……という問題を抱えていた。

「ほら、着いたぞ。寝ぐせ直しとけよ。……？」

ネスは安置室の扉に手をかける。

その扉の向こうに気配を感じ、取っ手に手を掛けたのとは異なるもう片方の手でライカリの胸を押さえ、それ以上進むなと牽制した。

「……ネス？」

「ちょっと待ってろ。先に入る」

室内をライカリに見せないように薄く扉を開き、ネスは足を一歩踏み入れた。

安置室の一番奥、ライカリの姉ドルミタの寝台に、男がいた。見舞いではない。その男は、早朝でも薄暗い安置室で蝋燭《ろうそく》も灯さず、ドルミタの体に覆いかぶさり、患者衣と下着を脱がし、女性器に触れていた。

それがどういうことを意味するのか、ネスは頭で考えるよりも先に答えを出し、その男を殴っていた。

最初の一発で男は昏倒《こんとう》したようだが、ネスは男の胸倉を掴んで床に引き倒し、馬乗りになって続けざまに殴った。

軍服の上着こそ脱いでいたが、ドルミタを襲っていた男の顔に見覚えがあった。

護衛官職の男だ。ドルミタの護衛官ではなく、ほかの銀種の護衛官だ。

だが、そんなことはどうでもいい。問題は、無抵抗の銀種に手を出したということだ。ドルミタという女を死姦しようとしたことだ。ライカリの姉の尊厳を踏み躙《にじ》ろうとしたことだ。

「ネス！　それ以上はやめろ！　殺すな！」

どれくらい殴っていたのか分からない。

ライカリが呼んだのだろう。いつの間にかフィキがいて、背後からネスを羽交い絞めにしていた。

「……っ‼」

ネスはフィキの顔を裏拳で殴り、肩を後ろに引いたその反動で、護衛官の男の顔面をさらに殴る。ネスの頬に返り血が跳ね、折れた歯がネスの拳を抉る。

「おい、やめろ！」

　そのまま男を殴り殺さん勢いのネスを、駆けつけたほかの軍人たちが数人がかりで押さえ込もうとするが、ネスの剣幕に気圧《けお》されて、たじろぐ。

「ネス！」

「……っせぇ‼」

「やめろ！　本当に殺すつもりか‼」

　それでもまだ殴るのをやめないネスを、最終的に、フィキが護衛官から引き剥がした。

　暴れるネスを抱き込むように床に座り、それでもまだ殴ろうともがくネスを懐に抱える。

　殺気立ち、怒りに駆られて歯を鳴らすネスの耳元で、フィキが、「すまん、事前に宣告せずにお前に触れた」と詫び、「頼むからすこしだけ落ち着いてくれ」とネスを宥《なだ》める。

「……っざけんな！　クソ野郎！」

　腕を振り上げ、足は床を蹴る。

「ネス」

「放せ！」

「だめだ」

「……っ、はなせ……っ、アイツ、殺してやる……！」

「ネス、……ネス？」

「……っ、は……っ、……っ」

殺してやる。

そう思うのに、息ができない。

自分の呼吸音が、耳元でひどく大きく聞こえて、うるさい。

見開いた眼を閉じることもできず、目の前で血まみれの男を凝視し続ける。

「ネス、息をしろ」

「……っ、…………、……っ」

息って、なんだ。

分からない。

どうすればいい。

なにをすればいい。

怒りに神経が焼き切れそうだ。目の奥が熱い。頭も痛い。耳も痛い。心臓も痛い。

あちこち痛い気がする。

アイツ、殺してやる。

「ネス」

「ぐ、……っ、ぅ……ぅ！」

顎先をフィキに捉えられ、唇を重ねられる。

フィキは、孔雀色の瞳を強引にネスの視界に割り込ませる。まるで「あのくだらない男ではなく俺を見ろ」と言わんばかりに、ネスの視界を奪う。

「ん、……ぅ」

ネスは、息をするのも忘れて殴っていたらしい。

ひどく呼吸が乱れていた。

心臓が痛いほど早鐘を打ち、体内を勢いよく血が巡り、耳鳴りがして、頭まで痛い。

口づけの合間に呼吸を許されて、息をすることすらフィキの支配下に置かれる。

生きている時にする口づけは、唇の感触を味わえる。

人間の体温は気持ち悪い。粘膜の接触なんて、吐き気をもよおす。

なのに、気が遠くなるほど、気持ちいい。

「……っ、ふ」

どうやったら自分を落ち着けられるのか分からない。

男を殴っていた右手はまだ殴り足りなくて、冷たい石の床を意味もなく引っ掻き、硬い石の床に拳を振り下ろす。

その拳が床を殴る寸前で、フィキが掴む。

震えるネスの拳をフィキの手が包む。固く強張《こわば》ったネスの指をひとつひとつ解きほぐし、掌を重ね、指と指を絡ませ、指を組み、手を繋ぐ。

フィキに手を繋がれる代わりに、唇がそっと離れる。

ネスはフィキの手の甲に爪を立て、強く握る。

力加減ができない。力のゆるめ方が分からない。自分が興奮しているのは分かっていて、奥歯をガチガチと噛み鳴らして、発散する宛てのない怒りを持て余す。

ネスの視界の端で、ドルミタの体に毛布を着せて抱きしめたライカリが、「姉ちゃん、ごめん……姉ちゃん……」と泣いて謝っている。

それを見ると、また、あの男への怒りが湧いた。

「……ネス」

フィキが低い声でネスを牽制し、「ドルミタは強姦されていない」と告げる。

だが、あの男がドルミタを強姦しようとしたのは事実だ。フィキの言葉は気休めにもならない。実際問題、意識のないドルミタは服と下着を脱がされ、性器に触れられていたのだ。強姦こそ未遂であっても許されることではない。

「……殺してやる」

「それはお前がすることではない」

フィキはネスが落ち着くまで、ずっと抱きしめ続けた。

ネスは無意識のうちにフィキと強く手を繋ぎ、フィキに抱きしめられていることには気にも止めず、いつまでもずっとライカリとドルミタを見つめていた。

＊

ネスの興奮は冷めず、そのまま一人にするのは危険ということで、鎮静剤を打ち、医務室の寝台に寝かせた。鎮静剤を打たれてもネスはなかなか眠らず、看護官がネスの手当てをしようとしても、その手を振り払った。

「ここは人間の匂いがするから部屋に戻る」

「許可できない。先に手当てしてからだ」

フィキはネスが出て行こうとするのを制止し、再び寝台へ寝かせた。

ネスの手は、血まみれだった。

あの護衛官を殴り続けたからだ。

拳の皮膚は破れ、流血し、骨が見えるほど殴ったネスの手には、護衛官の折れた歯が突き刺さっていた。

フィキがその手に触れて適切な処置を行い、綿布を当てて包帯を巻く間はおとなしくしていた。おそらくは鎮静剤が効いてきたからなのだろうが、顔色の悪いネスがフィキを見て、「ほんとに、ドルミタ……強姦されてないか？」と尋ねて「本当に強姦されていない」と正直に答えると、ひとつ深く肩で息をして、目を閉じた。

ネスが眠りにつくと同時に、フィキはバルビゲルに召喚され、司令官室へ向かった。バルビゲルから事の次第を確認したいと伝令があったからだ。

第三者からの報告は既にバルビゲルの耳にも入っていたが、ネスの絶対者であるフィキの口からも話を聞きたいとのことだった。当事者であるネスやライカリからの事情聴取は、両名が落ち着いてから、また追って行うらしい。

「こちらまでご足労いただいて申し訳ない」

「いや、ここでは俺が新参者だ」

階級だけで見ると、バルビゲルよりもフィキのほうが上だ。

だが、この砦の司令官はバルビゲルだ。研修期間を終えたフィキがこの砦を去ったあとも、彼はこの砦の司令官として存在しなくてはならない。フィキがこの砦で彼を蔑《ないがし》ろにすると、軍規が乱れる。それに、バルビゲルはフィキよりも随分と年上だ。それもあって、フィキはバルビゲルに対して敬意を払った行動を心がけていた。

「どうぞお掛けんなって、楽にしてください」

バルビゲルは口調こそ気安いが、フィキに対して礼を尽くし、席を立ってフィキを迎え、着席を勧める。

フィキは応接用の椅子に腰かけた。

「さて、少佐殿……、加害者の護衛官はどういう状態です?」

「詳細は軍医殿の報告を。自分の所見を述べると、顔面は、頬骨と鼻骨の骨折。左眼球からの出血。奥歯が折れて、頬を突き破っていた。ほか、口唇裂傷、打撲等々。……あぁ、それと男性器の損傷。あの護衛官は、二度と男として使い物にならんだろう」

「私刑だなぁ……いかんなぁ……」

バルビゲルは、眉間に皺を寄せ、顎髭を撫でる。

「自業自得では？」

フィキは正面へ向けていた視線を右横へ流し、執務椅子のバルビゲルを見やる。

「だとしても、軍規に則っていない個人的制裁は認められておりません。やりすぎだ。アイツは、また懲罰を食らうことになります」

「守った側のネスが懲罰か……、まぁ、仕方がないな」

「軍規違反は軍規違反ですからな」

「……あの護衛官は？」

「護衛官資格剥奪《はくだつ》、降格処分、左遷は確実でしょうな。まずは帝都へ移送されて、軍法会議と査問委員会にかけられ、精神鑑定も受けさせられるでしょう」

「では、大尉、この件にかんしては帝都への報告は不要だ。いま目立つことは避けたい。あの護衛官の処理は俺のほうで適切に行う」

「そりゃ、こっちとしては監督不行き届きを揉み消していただけるんで、ありがたいことですが……」

バルビゲルは、自業自得とはいえ護衛官を気の毒に思う。

フィキの下す処罰は、帝都の決定よりも厳しいものになるはずだ。

おそらくは、第十七特殊戦術小隊とは無関係の前線に配置されることになるだろう。

つまり、あの護衛官の行く末は、ゆるやかな極刑だ。

そう遠からず、あの護衛官は戦死するだろう。

帝国軍は、貴重な戦力である銀種に危害を加える行為を認めていない。

特に、女性に対する暴力行為は厳罰だ。

望まぬ妊娠を伴う行為などはもってのほかだ。

銀種と絶対者が、婚姻関係や恋人関係にあれば、戦力拡充という意味で性行為にも許可を与えている。むしろ、推奨すらしている。

だが、絶対者にすらなれない単なる護衛官ごときが銀種の種馬になることは許されていない。

貴重な銀種の胎《はら》に無能な男の種を蒔《ま》かせるほど、軍も寛容ではないのだ。

「……銀種は、男女の生殖行為すら軍の許可制ですからな」

バルビゲルは、この国における銀種の扱いを揶揄《やゆ》する。

現在、この制度は形骸化していて、ご丁寧に軍の許可を得てから性行為に及ぶ者はいないし、軍も申告なしのそれに目を瞑っているが、公の知るところとなれば、それはやはり懲罰の対象となる。

人間の倫理的に見れば、これは異常で、異様だ。

だが、それでもまだ軍にいたほうが、銀種は安全なのだ。

銀種は、人間同士、銀種同士、人間と銀種の間に偶発的に生まれるが、滅多に生まれない。

銀種は差別される生き物であると同時に、希少性の高い生き物だ。

辺境の村などでは、村に一人きりの銀種を豚小屋で飼い、鎖に繋いで、災種が出た時にだけ外へ出し、戦わせる、……などという非人道的行為が罷《まか》り通っている。

ほかにも、見世物小屋で、銀種を殺しては生き返るまでを展示したり、娼館で死に直結するような性行為を強要したりもする。時には、実の親に連れ回されて、災種が出るところへ行っては戦わされ、親が金儲けをする道具にされたりもする。

それに比べれば、まだ、軍にいたほうがマシなのだ。生き返るのを待つ間は安置室に寝かせてもらえるし、たまには看護官に様子を見てもらえるし、路傍で野垂れ死ぬよりは死姦される確率が下がるし、死んでいる間も給料がもらえるし、目を醒ましたら即座に風呂と食事にありつけるし、屋根のある場所で暮らせるし、余暇には自由もある。

そのうえ、普通に生きていたら滅多に知り合うことのできない銀種同士で繋がりを持つことができる。

さらには、絶対者と巡り合える可能性も格段に上昇する。ずっと孤独に生きてきた銀種が、唯一無二の、自分だけが信じられる存在と出会えるのだ。その可能性を夢見て、軍に使われる身に甘んじることも致し方なかった。

「少佐殿、……少佐殿の、その……」

「なんだ？」

「あの護衛官への処罰は……」

あの護衛官への処罰は、ネスが取り乱すほど心を痛めたことへの報復、可愛い銀種を苦しめられたことへの私的制裁、……それこそ少佐殿の私刑なのではありませんか？　それではあまりにもネスに対して過保護が過ぎるんじゃありませんか？　そういったことを口走りかけて、バルビゲルは押し黙った。

「大尉？」

「いえ、なんでもありません。失礼……。あの護衛官の話はまぁいいでしょう。ドルミタのほうも最悪の事態にならんでよかった。昔は、目が醒めたら腹ボテだった、なんてことも珍しくなかったですからな」

バルビゲルは椅子の背凭《せもた》れに深く背を預け、息を吐く。

「安置室の管理体制を密にはできないのか」

「これでもまだうちは定期巡回を増やして安全確認をマメにしとるほうです」

「それは存じている」

「なんにせよ、人員が足らんのですよ。特に、休眠中の銀種の保護にかんしては……。軍のお偉方《えらがた》は、戦力にならん銀種に割く人員も予算もないんだそうです」

「………………」

「まぁそう難しい顔をなさらんでください。銀種の扱いが悪いことは、いまに始まったことではありません。……それに、この問題は、これから少佐殿らがなんとかしてくださるんでしょう？　いち小隊長でしかない自分ごときではどうにも……。それより、少佐殿、ネスとの関係はどうです？　契約してもう随分と経ちますが……」

バルビゲルは、近頃のネスとフィキの状況を問う。

暗に、一ヵ月半を経過してこの状況では、無理な契約だったのではないか、ネスを見切って次へ行くべきではないか……と、そういうことを示唆している。

「順調だとは言いがたい」

「では……」

「俺の考えは変わらない。このまま契約は継続だ。それに、契約はそう容易く反故《ほご》にできるものではない。大尉もそれは知っているだろう？」

「それはそのとおりですが……」

「まぁ、なんとかするさ」

ネスが自分の命に未練を覚えるくらい、なんとかしてやりたい。

生き方、死に方、戦い方、すべてをなんとかしてやりたい。

フィキはいまもそう思っているが……。

「だが……実際のところ、上手くいっていない」

フィキは正直なところを吐露した。

ネスを庇い、守り、災種との戦闘を補助するのが絶対者の役割だ。

だが、それを実行しようにも上手くいかない。

それは単純に、絶対者としての経験が足りない、という面もあるのだろう。ネスとフィキが契約して、二人で組んで行動するようになってまだ一ヵ月半だ。

ネスは、特に他人に合わせて行動することを厭《いと》い、フィキとは別行動をとろうとする。フィキがネスを庇ったり、ネスに合わせて行動したり、ネスを補助することを嫌がるのは毎度のことで、ネスは、自分が傷つくと承知していてもその手段をあえて選んでフィキから距離をとり、独断先行し、独りで戦って、独りで死のうとする。

それをフィキがなんとか必死に押し留めて、そのたびにケンカする状態だった。

ただ、まったく二人の間に進歩がないというわけではない。

一ヵ月半も経てば、お互いの癖なんかも見抜けてくるし、性格も掴めてくる。

だが、理解し合うことはなかった。

それは、互いに歩み寄ろうとしないからだ。

ネスは「俺は俺の生き方を変えるつもりはない」と断言する。

フィキは、ネスに「傲慢だ」と言われるほどの性格だ。いまも、フィキは、自分の考え方ではなく、ネスの考え方や生き方ばかりを変えさせる方法を考えている。それはフィキの悪いところだ。

「人間に反発心を持つ銀種は珍しくないが、あぁも頑《かたく》なな銀種は初めて見る」

フィキは思わずそんな言葉を漏らす。

「あー……まぁ、ネスは軍隊生活より外の生活のほうが長いですからな……」

バルビゲルは顎髭を撫でさすり、熊みたいな顔で苦笑いを作る。

「大尉の、ネスとの付き合いは……」

「アイツがここに配属されてからの関係ですんで、そう長くはありません。……三年ってとこですかね。アイツがなにかひとつ問題を起こすたびに、懲罰として、ひとつ自分のことを話させてたら妙に詳しくなっちまっただけですよ」

「なんのためにそんなことを……」

「アイツがいやがるからですよ。自分のことを話すの。懲罰房にぶち込むよりも、鉄拳制裁よりも、減給よりも、なによりもいやがる。下手な罰を与えるよりそっちのほうがよっぽど効く」

「ネスは、あなたには随分と懐いているように見える」

「……少佐殿、そりゃあ……あなた、それは……」

妬《や》いてるんじゃないですか？

……という言葉をバルビゲルは呑み込む。

ネスとバルビゲルが打ち解けていて、仲が良さそうに見えるなら、それは間違いだ。

バルビゲルから見れば、ネスはバルビゲルよりも余程フィキのほうに心を許している。

ネスは、出会った初日にフィキと契約した。

ネスは、フィキの前で感情を剥き出しにする。

ネスは、フィキが触れても殴らない。

ほかの者が同じことをすれば、それが上官のバルビゲルであろうと、ネスは「触るな」と拒否を示すと同時に殴っている。

バルビゲルは強制的にネスに自分の過去を暴露させてきたが、フィキはネスとの会話のなかでネスという生き物についての欠片をすこしずつ聞き出し、ネスの感情や心を引き出している。

ネスの信頼を、すこしずつ勝ち得ている。

それは、バルビゲルにはできなかったことだ。バルビゲルからしてみれば、自分が三年もかけて成し得なかったことを短期間でフィキにやってのけられて、己の無能さを突きつけられたようなものだった。

それでもなお、いま、フィキはバルビゲルに嫉妬するような言葉を吐露した。

存外、この男は独占欲が強いのかもしれない。えらく厄介な男に目を付けられたものだ。バルビゲルはネスを気の毒に思う。

「大尉？」

黙り込むバルビゲルに、フィキが声をかける。

「ともかくですな、ネスが自分に懐くようなことはありません。アレは猜疑心《さいぎしん》の塊です。人間には心を許さない。特に、自分のような銀種を使う立場の軍人なんぞは毛嫌いしている。……まぁ、ここだけの話ですがね、ネスはほかの銀種にも自分のことを話しとらんのですよ」

ネスは、同族である銀種にも自分の過去を話さない。自分と同じ銀種が相手ならば世間話をするし、後輩や新人の面倒もよく見るし、負傷者への気配りも怠らず、仲間や身内を傷つけられれば今回のような行動を起こす。

だが、ほかの銀種が持ちかける相談や世間話の聞き役に徹することはあっても、ネスが自分の話をする側に回ることはない。

結局、ネスは誰のことも信じないのだ。

同じ銀種であっても、自分のことを話すほどには信用していないのだ。

信用したくても、信用できないのだ。

「銀種というのは、孤独な生きモンです」

バルビゲルは言葉を探しながら語る。

フィキはその言葉に頷いた。

銀種は血縁関係が極端に薄い。幼い頃から肉親が傍にいないことがごく一般的で、兄弟や親類といった血縁者と日常的にかかわりつつ、親元で育つことはほとんどない。当然、家庭的な環境にも馴染みがなく、家族単位で楽しむような行事や、家族が築くような関係性や、家族がするような会話や生活をすることに拒否感を示す者が多い。

軍にいる銀種は、長い軍隊生活に慣れているので、同族である銀種内でなら同じ食堂で飲食する程度のことはできるけれど、それでも、深入りは避ける傾向にある。人間の軍人なぞとは同じ空間にいることすら嫌がる者もいる。

それは、軍における銀種の扱いが悪く、人間と銀種の間に差別感情が存在したり、銀種の誰しもが一度は人間に虐げられてきた経験があるからなのだが、ともかく、銀種は、人間の友人を作ったり、人間と人付き合いをしたり、人間と当たり障りない関係を築くことから距離を置いていた。

特定の人間と特別な関係を進展させて、親友になったり、愛し愛される関係になったり、恋人になったり、結婚したり、家族になったり、誰か一人に心を許して、親密になることはとても難しい。特定の人物と同じ寝床へ入ったり、肌で触れ合うどころか手を繋いだり、性交渉へ至るなどは、銀種にとって難易度が高すぎる。

特に、ネスはそれが顕著だった。

「ネスの来歴は不明なところが多いのです」

ネスを軍に入れるにあたり、規定どおりの聴取を行い、経歴を作成した。

その経歴と、バルビゲルが個人的に聞き出した情報を合わせても、「あぁ、銀種らしい生い立ちだな」という程度の感想しか出てこない。

ネスは十六歳まで一人で生きてきた。両親や親族、出生地も不明だ。十六歳まで軍とは無関係に生きてきて、野良の銀種をしていた。

野良の銀種というのは、定住先を持たず、地方の村や町などで災種を狩る仕事をして金を稼いで生きてきた銀種のことだ。野良で生きてきた銀種はえてして強い。強い兵器は、帝国軍が喉から手が出るほど欲しているものだ。ネスの噂を軍が聞きつけ、保護という名目でネスを捕縛し、強制的に入隊させたのが五年前のことだ。

「幼いうちから軍に保護された銀種と違って、ある程度の年齢まで自力で生きてきた銀種は厄介です。自分だけを信じて生きる傾向が特に強く、頑固で扱いづらい。それに、ネスは、保護された頃から軍に反抗的で、ケンカや暴力沙汰で何度も軍法会議にかけられとります。軍規違反も一度や二度じゃない。そのせいで、功労に対しての叙勲《じょくん》も取り消されている。手に負ぇん問題児です」

「だからこそ、この辺境の地で、大尉の下に置かれているのでは？」

第十七特殊戦術小隊が守るこの森林地帯は、災種の出現率が高い。

帝都にも比較的近く、守備を固めておきたい防衛圏だ。

防衛面で重要な土地に戦闘能力の高い銀種を置くのは当然のことだが、優秀な銀種は性格に難ありが多い。バルビゲルはそういった厄介な銀種ばかりを押し付けられて、この陰鬱《いんうつ》な森林地帯を守護し続けていた。

「優秀な銀種のいる基地を希望したのは自分だ」

フィキは、この砦に来たことは間違いではなかったと確信している。

この砦の銀種は皆、優秀だ。

「少佐殿はネスと契約を結ばれましたが、……その……」

「はっきり言ってくれていい」

「相性は悪いと思われます。少佐殿の目的にはそぐわんでしょう」

「……この砦では、俺は左遷されてここへ配属されたと噂されているようだが……」

「勝手ながら、あえてその噂は訂正せず、そのままにしとります。そのほうが少佐殿としても動きやすいかと……」

「あぁ、このままで構わない」

フィキがこの砦に配属された理由は、左遷ではない。

第十七特殊戦術小隊に所属する優秀な銀種と契約を結び、帝都にその銀種を連れて帰ることが目的だ。

帝都に新しい組織を作るために、優秀な銀種を引き抜きにきたのだ。

　九十日の研修と称した期間内に、同小隊の銀種全員を吟味して契約する銀種を決定するはずだったが、想定外にネスと契約してしまった。

「少佐殿の最初の銀種にネスを推挙したのは自分ですが……、ネスを選んでしまったことは、災難以外のなにものでもありませんな。アレは優秀ですが、死ぬしか能がない。対災種戦に特化した化け物だ。少佐殿の大義を達成するには、もうすこし賢く立ち回れる銀種が必要でしょう」

「つまり？」

「契約はどちらかが死ななくては解消できません。ネスが完全に死ぬのを待つのは難しい。ならば、多頭飼いという手もある」

「大尉、その言葉には問題がある」

「ですが、それが現実的です。ネスを手元に置きつつ、ほかにも数名ばかり見繕い、今度は知恵の回る銀種を傍に置けばよろしい。少佐殿でしたら複数の銀種を管理するくらいお手のもののはず」

「…………」

　フィキは席を立ち、バルビゲルの前に立つ。

　バルビゲルのその物言いには、許せないものがあった。

いま、バルビゲルは明確にネスを侮辱したのだ。

フィキの銀種を、貶《おとし》めたのだ。

「少佐殿……？」

「ネスの戦い方には眉を顰《ひそ》めるものがあることは事実だ。だが、彼自身の美徳や、仲間への想い、不器用ながらも懸命に生きてきた姿は尊敬するものがある。それに、ネスが軍規違反で処罰された事案のすべては、今回のように銀種の尊厳を損なう行為が発生した際に、彼が彼なりの方法で同族を守った結果だと聞き及んでいる。そのやり方は正しくなかったかもしれないが、行い自体に間違いはない。勇気ある行動だ」

「これは失礼を……。どうやら自分は少佐殿のご不興を買ってしまったらしい」

バルビゲルは素直に首を垂れる。

その様子から、フィキはバルビゲルを再評価した。バルビゲルという男は、食えない男だ。軍隊内では珍しく、銀種への差別意識も低い。いまも、フィキがネスをどう思っているか本音を引き出すために、あえてフィキの神経を逆撫でし、ネスを貶める発言をした。

「大尉、あなたの銀種に対する親心のようなものは理解するが、二度と俺を試すような真似はやめていただきたい」

「肝に銘じておきます。……ですが、いくつかは自分の本心でもあります」

「……聞いておこう」

「アレは死ぬまであのままです。ネスは決して少佐殿の思い通りにはならない。少佐殿がネスを選んだのは間違いです」

「大尉はひとつ勘違いをしている」

「……？」

「俺が彼を選んだのではない。彼が俺を選んでくれたんだ」

フィキはバルビゲルに背を向け、司令官室を後にする。

フィキは、ネスと契約したことを後悔していなかった。

ネスの生き方、死に方、戦い方、それらには不満があるが、ネスとの関係に不満はなかった。

そもそも、ネスに「契約しろ」と言ったのはフィキだが、ネスからの承認がなければ契約は成立しない。

あの瞬間、ネスがフィキを選んだのは事実だ。

たとえそれがいまわの際《きわ》の、朦朧とした意識のなかで下した本能的なものであったとしても、……いまのネスがその事実を認められなくても、フィキとの契約を疎《うと》ましく思っていたとしても、あの瞬間、ネスはフィキを選んだのだ。

フィキは、ネスの生き方に納得がいかないだけであって、ネス本人の性格や見た目のすべてを嫌っているのではない。

むしろ、その性格や生き様の潔さは好ましいと思っている。

「……好ましいと思っているのか？」

十数歩ばかり考えながら歩いて、廊下の角を曲がったところでフィキは立ち止まった。

好ましいと思っているから、俺はネスに「契約しろ」と迫ったのか？

自分の考えに疑問符をつけて、フィキは眉根を寄せた。

想定外の自分の感情だった。

＊

医務室でネスが目を醒ましたのはその日の昼過ぎで、そのあとは規則通り懲罰房へ入った。

その日のネスの任務は、サルスとライカリが半分ずつ負担してくれた。

「うちの銀種の不始末だ」

そのうえ、フィキが、サルスとライカリの護衛の補助に入ったらしい。

「おかげでいつもよりやりやすかったわ。ほんっとアンタ贅沢よね。あんな絶対者、滅多にいないんだから、大事にしなさいよ。いつまでもツンツンしてんじゃないわよ」

「災種にも遭遇しなかったし、フィキさんと組むと助けられることばっかりだよ。俺、任務の最中に災種狩りの練習に付き合ってもらったんだけどさ、すごい上達した気がしたもん。万が一、誰かが災種の頭を潰すのに失敗した時の補助の入り方も教えてもらったよ」

サルスとライカリは、懲罰房の鉄柵越しにフィキを褒めちぎった。

「分かった、分かったから……！　とにかく！　面倒かけた！　ありがとうございます！」

サルスとライカリが延々とフィキの話を聞かせてくるので、ネスはなんとかして会話を終わらせようとした。

「べつに……ありがとうなんて言われる筋合いないわ。前にアタシが死んだ時、穴埋めしてくれたのアンタだし」

「俺も、姉ちゃん守ってもらったから、その恩返しだし」

サルスも、ライカリも、照れ臭そうに笑う。

銀種は、礼を言われることにも慣れていない。

「……でもな、ライカリ、頼むから無理だけはするなよ。俺、死ぬ前のドルミタにお前のこと頼まれたんだ。なのに、俺の代わりにお前が任務に出て、それでお前が死んだら、俺、ドルミタに顔向けできねぇよ」

「ネス……」

ライカリはネスの不器用な優しさに笑みを浮かべる。

「……あぁクソ、こういうの苦手なんだよ……、それで、ドルミタの様子は？」

「まだ目は醒ましてないけど、大丈夫。フィキさんが司令と交渉してくれて、安置室の警備を増やしてくれたんだ。しかも、本人の希望があれば、これからは鍵付きの個室に安置できるようにしてくれるんだって。すごいよね。俺たちが陳情書を出しても通らなかったのにさ……。でも、できたら、死んじゃった銀種は、宿舎の自分の部屋で寝かせておいてあげたいんだけどね……」

「それこそ防犯悪いからな。見回りするにしても安置室から遠くなるし、死んでる奴らの状態を確認するにしても一括で管理できなくなる」

「うん……」

「……で、お前らいつまでここにいるんだよ。用が済んだらとっとと帰れ」

ネスは固い寝台に寝転び、手で追い払う仕草をする。

「はいはい、ネスちゃんは気遣いが下手ねぇ。素直に、俺の分の任務までこなして疲れてるだろうからとっとと部屋へ戻って休憩しろ、って言えばいいのに」

「ね、本当に」

サルスとライカリは顔を見合わせて笑う。

「うるせぇよ」

「じゃあ、アタシたち戻るけど……あ、そうそう、大事なこと言うの忘れてたわ」

「ネス、明日の朝には懲罰房出られるよ」

「とりあえず十日、以降は未定じゃなかったか？」

ネスは、いま寝転んだばかりの寝台から体を起こした。

銀種は恒常的に数が足りないので、任務中に限っては懲罰房から出られる。任務が終われば
また懲罰房へ戻されるが、さすがに懲罰房入りした初日の今日だけは任務があっても外に出し
てもらえなかった。その分、サルスとライカリが尻拭いしてくれたのだ。

今後は、正式な処罰が決定するまで懲罰房で謹慎と決められている。

それが、こんなにも早く解除されるのは初めてだ。

「あのね、フィキさんが……」

「またアイツか……」

ネスはうんざり気味に溜息をつき、また寝台へ寝転ぶ。

「そういうわけよ。ぜんぶフィキの旦那が上手いことやってくれたんだから、アンタ、可愛く
笑って礼のひとつも言いなさいよ。アンタ、顔だけは男前で美人なんだから。使えるものはこ
こぞという時に使わなきゃ損よ。……ライカリ、そろそろ行くわよ」

「うん。じゃあね、ネス。また明日ね」

サルスとライカリが立ち上がり、懲罰房のある地下から出ていく。

ネスは二人の後ろ姿を見送り、それから目を閉じた。

「あー……、クソっ」

あの男に借りを作ってしまった。

返す方法が分からない借りを作ってしまった。

ネスは包帯を巻かれた手を見て、溜息をつく。

フィキが巻いた包帯だ。

こんなことをしなくても、銀種はすぐに傷が治る。死んでも生き返るように、怪我をしても完治するまでが人間よりもずっと早いのだ。

薬や資源、備品の無駄だから、こんなことはしなくていいのに……。

変な男だ。

ネスは包帯の巻かれた自分の手の甲に唇を押し当てた。

くさくさした気持ちだったが、目を閉じると、なぜだかフィキのあの孔雀色の瞳が思い出されて、苛立つはずなのに、すこし気分が落ち着いた。

*

サルスとライカリが言ったとおり、翌朝には懲罰房から出られた。

ネスはその足で司令官室へ向かい、定型通りの訓告《くんこく》を受けて、宿舎へ足を向けた。

銀種の宿舎は、人間の軍人とは別の棟にある。

基本的に、二人部屋だ。銀種と絶対者、銀種と護衛官、この二名で一室を使う。

絶対者ならばいざ知らず、人間嫌いの銀種が護衛官と同室になるよう定められているのは、護衛官が銀種の絶対者候補だからだ。二人は、できる限り寝食を共にして、互いの関係を見極める。もし、絶対者になる可能性が低いなら、二人組を解消して、同室も解消し、銀種には次の護衛官があてがわれる。

それからもうひとつ、護衛官が銀種を見張る目的で同室にされていた。

時折、脱走を図る銀種がいるから、それを防ぐためだ。

銀種と絶対者の場合は、ほぼ十割が同室を選ぶ。

銀種が、人間を自分の絶対者として認めて契約を結ぶ、というのは、まぁ、結婚するのとほぼ同義だ。両者の間に、信頼や愛や友情という心の繋がりがあって、時には体も繋げて、互いに傍にいることを誓い合う。同じ空間にいても苦痛にならないほどの存在であるからこそ、契約する。

むしろ、離れているほうが不安に感じる。

傍にいたほうが安心できる。

だから、軍から強制されなくても、絶対者と銀種は同室を選んだ。

第十七特殊戦術小隊の銀種の宿舎は質素だ。

石造りの砦の基礎に、断熱用の木材で内壁を作り、床には板を張っている。部屋の両壁に備え付けの寝台が一台ずつと、それぞれの私物置き場がある。それ以外はなにもない。

宿舎には、共用の台所と食堂兼談話室、洗濯場、洗面所と風呂がある。

ただ、銀種は共同の風呂に入ることを嫌う者が多いので、任務表と照らし合わせて、それぞれが鉢合わせないように協力していた。これは、銀種が全員そろっても十人しかいないこの砦だからできることだ。これ以上の規模の基地ともなると、我慢して共同風呂を使うしかないらしい。個室に簡易の風呂を付けてもらえる銀種なんて、貴族の家柄などの特権階級出身のほんの一握りだけだ。

ネスは、二人部屋を一人で使っていた。

ネスは軍隊生活が短く、人間との共同生活に慣れていない。

もちろん、それだけの理由で一人部屋を許されているわけではない。

ほかの銀種に対しても示しがつかないし、軍規違反だ。

それでもネスの一人部屋が容認されているのは、単純に、ネスが、護衛官と銀種、そして作戦指揮官の三役を一人でこなしているからだ。実力が認められているからだ。

それからもうひとつ。人間と同じ部屋で生活することに耐えられなかったからだ。事実、ネスは、この砦に配属された当初、強制的に護衛官と同室にさせられたが、一人目の護衛官とは部屋に入って一時間もしないうちに殴り合いのケンカになり、二人目の護衛官の時は半日も経たずに吐いて、熱を出し、「人間と一緒に暮らすくらいなら、災種の出る森で暮らすか死ぬ」と宣言して、実際に軍を脱走した。

その結果、誰もネスを手に負えず、個室扱いになった。

ほかの銀種から不満が出ないのは、その分、ネスが死ぬからだ。誰かを庇い、誰かを守るために、ネスが率先して死ぬからだ。そして、ドルミタの件のように、常に銀種の総意を伝える役目を担い、率先して矢面《やおもて》に立ち、銀種の尊厳を守るために戦い、懲罰房に入るからだ。

誰よりも同族である銀種を守るからだ。

「あー……」

自分の部屋の自分の寝床に仰向けに寝転ぶ。

懲罰房行きは慣れたものだが、やはり自分の部屋のほうが落ち着く。

「ネス、入るぞ」

寝床に転がってひと息つく間もなく、フィキが入ってきた。

ネスが入室を許可するより先に、フィキは室内に足を踏み入れる。

勝手に入ってきたことを怒ろうかとも思ったが、たった一日で懲罰房を出してもらった手前、ネスは「勝手に入んな、出てけ」という言葉を呑み込んだ。

「……なんだよ」

天井を見上げたまま、ネスは視線だけをフィキのほうへ流す。

フィキは両手に荷物を抱えていた。

「元気そうだな」

「……どうも、おかげさんで。……で、アンタは荷物持ってどこへ引っ越しだ？　帝都へ帰るのか？」

「ここへ引っ越しだ」

「……あ？」

ネスは上体を起こし、正面からフィキを見る。

「上官命令で今日から同室になるように、と……」

「は⁉　聞いてない！」

ネスは立ち上がり、フィキに詰め寄る。

「たったいま通達が出た」

フィキがそう言うなり、「おじゃましまーす！」とライカリが部屋へ入ってきた。

その手には、明らかにフィキの荷物がある。

「邪魔するわよー」

続いて、軽そうな荷物を持ったサルスが入ってくる。

「ネスの部屋に入るの久しぶり〜」

ほかの銀種も続けざまにやって来て、フィキの荷物をネスの部屋へ運び入れた。

部屋の外の廊下には、荷物を持たされた護衛官や絶対者までいる。護衛官と絶対者は、人間嫌いのネスに気を遣って部屋の中には入ってこない。

ネスが呆気に取られているうちに、「この荷物はこっち？」「フィキさん、替えの軍服はここに引っかけとくよ」「ねぇちょっと、旦那の使う寝台、埃だらけだし、ネスの荷物置き場になってんだけど……」「ネス、ちょっと掃除しなよ……」といった具合に、銀種たちが総出で、ネスの部屋にフィキの居場所を作ってしまう。

絶対者持ちの銀種に至っては「ネス、本当に良かったな。絶対者と一緒にいられるって本当に幸せだぞ。お前もこれから安心して生きていけるんだ。本当に、本当によかったな……フィキさんに幸せにしてもらえよ」と、まるでフィキとネスが結婚したかのように祝いの言葉をくれる。

銀種にとって、絶対者との生活は幸せな生活だ。

ネスの知り合いの銀種で、絶対者とともに分かち合う人生を悪く言う奴はいない。

おそらく、フィキとネスもそうして幸せに暮らせると信じているのだ。

フィキは、ネスだけではなくほかの銀種からもそれほどに信頼されているのだ。

ネスの知らないうちに、フィキはいつの間にか彼らとの友好関係を築いていたらしい。

フィキは寡黙《かもく》であまり人付き合いしないように見えたが、そうではなかったようだ。

なんとなく、ライカリやサルスとの関係性からも薄々感じていたが、フィキは、周囲の者たちと交流することを厭わぬ性格の持ち主で、そのうえ、親しくなるのが上手い。銀種の警戒心を解くことに長けている。皆が自然と、「フィキの引っ越しを手伝ってやろう」と、そう思ってしまうような、そんな性格なのだ。

フィキには他者を惹きつける魅力があるのだろう。

ネスにはない部分だ。

「少佐殿、これでぜんぶになります」

護衛官の一人が、室外からフィキに声をかけた。

「ありがとう、助かった」

「この部屋、ちょっと寒くないですか？」

その護衛官が、フィキを気遣う。

「あぁ、隙間風が多い。窓際を補強すればマシになると思うが……」

「今度、端材《はざい》を見繕って参ります。なにせ俺は……」

「大工の息子だろう？」

「ええ、その通りで！　……ネス、お前も困ってることあるなら声かけろよ。風邪ひくぞ」

護衛官はフィキだけでなく、居場所がなくて部屋の隅で突っ立っているネスにも声をかける。

「………」

ネスは黙って首をひとつ縦にした。

あの護衛官に話しかけられるのは初めてだ。

それどころか、この砦に配属されてから、任務以外で護衛官に話しかけられること自体が初めてだ。

いままで一度もかかわったことのない人間だ。

そんな人間に気さくに話しかけられて、ネスは対処に困り、壁沿いに部屋の奥まで後退した。

それを見越したように、フィキが立ち位置を変え、「あまり驚かせるな」とネスを自分の背で隠してくれる。

「…………」

ネスはそれですこし安堵する自分がいることに気付き、舌打ちする。

いやな感じだ。

ネスの心が、勝手にフィキを頼ろうとする。

「じゃあね、ネス、フィキさん、俺たちも戻るね」

ひととおり室内を整えると、ネスとフィキだけを残して全員が部屋を後にした。

「お前、災種相手には臆さないくせに、人間相手だと臆病だな」

フィキは全員を見送ってから部屋の扉を閉め、荷物整理を始める。

「……人間よりも災種のほうが、マシ……」

ネスはぽつりと答える。

「次の休みの日に隙間風を塞ぐから、人の出入りがある。いやならライカリの部屋にでも避難していろ」

「…………」

「安心しろ、この部屋にはほかの奴は入らせない。さっきの奴には外から窓枠の補強をしてもらう。室内は俺がする。お前は、まぁ……気が向いたらあとで礼のひとつも言っておけ」

「頼んでない」

「そうだな。俺が勝手にすることだ」

ネスと話す間にも、フィキは部屋の中に自分の居場所を作っていく。

軍服の上着を壁際の衣装棚に掛け、数冊の本を片手に、洗面用具や靴の手入れ用具の置き場所を決めていく。

「……さっきのアイツ、大工の息子だったんだな」

「あぁ、そうらしい。士官用宿舎の扉の木材が朽ちて蝶番《ちょうつがい》が歪んでいたんだが、なにかの拍子にその話題になってな……、そしたらアイツが直してくれた」

「……アンタ、すごいな」

「すごいのは大工の息子だな」

「俺、……アイツが大工の息子だって知らなかったし、そもそも、声と顔と名前も一致してなかった。……いまも、ちゃんとした名前を覚えてない」

「これから覚えていけばいい。なんなら紹介する」

「…………いらない」

「そうか？　なら、俺に尋ねろ。お前が把握していない物事はすべて俺が把握しておく」

「…………」

それじゃあまるで、ネスの苦手な部分をフィキが補うと言っているようなものだ。

ネスが敬遠してきたことをフィキが行い、「他者とのかかわりを助け、間を取り持ち、ネスが誰かと親しくなれるような、そんな関係性を繋ぐ役割をこなす」と、そう言っているようなものだ。

「そういうのは、いらない」

ネスには、他者とかかわる勇気というものがない。

人間のいやな部分ばかり見てきたから、いまさら、誰かを知って、親しくなって、裏切られて、傷つけられて、また幻滅するのがいやなのだ。

「そうか、なら無理はしなくていい。今後、必要な対外折衝は俺がしよう」

「…………」

今度は、ネスがしたくないことをフィキがすると言い出した。

いままでなら、ネスに「生き方、死に方、戦い方を変えろ」と説教してきたのに、随分と考えが変わったものだ。

「……なぁ、アンタ、本気でこの部屋で寝起きすんのか」

「命令だからな」

「俺には命令なんか出てない」

「お前は絶対にいやだとごねるだろうからと、お前の分の通達書も預かってきた」

　フィキはネスに通達書を手渡す。

「なんで俺だけ強制的にアンタと同じ部屋になんなきゃなんないんだよ」

「護衛官を半殺しにして懲罰房一日で済むわけがないだろう」

「なら、懲罰房に十日でも二十日でも入る」

「帝都で査問されたいか？」

「…………」

「見ず知らずの大勢の人間に囲まれて聴取されたいか？　嫌いだろ、そういうの」

「…………」

　確かに、嫌いだ。

　ネスはその状況を想像して、口元に手を当てる。

「想像しただけで吐きそうになるな。大丈夫だ」

「……気持ち悪い」

「考えるな」

「…………」

　フィキは片付けの手を止めて、ネスと視線を合わせるように立つ。

　孔雀色の瞳が、ネスを見ている。

「息をしろ」

「……っ、は……」

フィキの言葉で、また、自分が息を止めていたことに気付く。

「よし」

ネスが正しい呼吸で息をすると、フィキはまた荷物整理に戻る。

それから、思い出したように「……あぁ、それと、俺とお前が同室になるのは、一ヵ月以上経ってもケンカばかりしているかららしい……」と付け加えた。

「………」

「絶対者と銀種の関係なのだから、円滑な任務遂行のためにもうすこし心を通わせろというのが上官命令だ」

「だからって……」

ネスは二人部屋を一人で使っている。

フィキが転がり込んできても問題ない。

ただ、ずっと一人でいるつもりだったので、フィキが使うはずの寝台にはネスが自分の荷物を置いていて、すぐには使えない状態になっている。

それを理由にして、なんとか出て行ってもらえないだろうか……。

とりあえず、今夜だけでも。

いきなりこんなことは困る。

二人部屋なんて無理だ。

ネスは自分の寝台に腰を下ろし、肩で息を吐いた。

＊

任務に出ている間は、部屋でフィキと二人で過ごす必要がない。

就寝時間は、仮眠室か安置室の空きベッドで眠ればいい。

ネスはそう思うことにしたし、実際にそうした。

宿舎の自室には戻らず、銀種の安置室で二晩を過ごした。

フィキはネスを捜したようだが、まさか死体を寝かせている部屋で一緒に眠っているとは思っていなかったらしく、二日目の朝にネスが仲間の死体に紛れてぐぅすか眠っているのを見つけて、脱力していた。

「折り合いがつくまで俺が仮眠室で寝る。頼むからお前は自分の寝床で寝てくれ」

フィキが頼んできた。

これにもビビった。

いままでなら頭ごなしに、「命令に従え、たかが同室になっただけだろうが」くらいは言ってきてケンカになっていたのに、フィキのほうから譲歩してきた。

本当にビビった。

フィキと同室になって三日目。フィキを仮眠室の固い寝床で寝かせるのも哀れに思えて居心地の悪さを感じていたが、かといってフィキと同じ部屋で眠る自分を想像できないまま、任務に出た。

任務に出れば、どうせまたケンカだ。

どちらもケンカするつもりがなくても、ケンカになる。今日もその調子でケンカをして、そのままフィキがネスに見切りをつけて部屋を出て行ってくれれば、それが一番いい。

なにも変わらないことがネスの望みだ。

なのに、任務中もフィキの態度が変わっていた。

いままでは、ネスに「一人で死ぬ戦い方をするな！」と叱りつけてきた。

ところが、今日はネスのすることになにも文句を言わなかった。

ネスの好きにさせてくれた。

ネスの行動のすべてをフィキが肯定した。

気味が悪かった。

なぜ、フィキの意識が変わったのかは分からない。

なにがフィキの考えをそうさせたのかも分からない。

分からないけれども、なにかにつけネスの意志を尊重するような行動が随所に見え隠れした。その行動が死にたくなるほど疎ましかった。

その日は、災種が二匹同時に出現した。

四足歩行の魔獣だ。

これまでのフィキは、ネスを守る盾に徹していた。無鉄砲に映るネスの戦い方を受け入れがたいものとして見ていた。だが、今日のフィキは、ネスの戦い方を肯定し、ネスの死に方すら受け入れたうえで、ネスを絶対に死なせない作戦を立て、それを実現した。

「命令系統は俺に集約して、俺が指揮を執る。お前は好きに動け。あとはこちらが合わせる」

フィキはそう断言した。

フィキの言葉の意味がいまいち分からずだったが、それを確かめるより先に災種との戦闘に入った。

ネスはとても戦いやすかった。不愉快だが、それは認めた。

戦いやすさのあまり、笑みさえこぼれるほど愉快だった。

笑えてくるほど気分良く、自由気儘《きまま》に災種狩りができた。

同じような状況で、かつて、ネスが自分の命と引き換えに災種を殺そうとした時、以前のフィキなら「やめろ！」と制止していたが、今日はなにも言わずネスの好きに行動させてくれた。

今日の戦闘で、ネスは一匹目の災種を殺し、仲間が二匹目の災種を殺す際の囮《おとり》になって死ぬつもりでいた。だが、ネスが二匹目の災種に殺されかけた瞬間、ライカリがその災種を殺していた。

「なんか、フィキさんの指示通りに動いたら、ネスの邪魔しないで上手に立ち回れた……」

首級《しゅきゅう》を上げた本人であるライカリ自身が茫然としていた。

そもそも、一匹目の災種を殺す時点で、腹が立つほどに作戦に無駄がなかった。

ネスはいままでどおりなのに、周りがいままでどおりじゃなかったからだ。

フィキが周囲と上手く連携して、ネス以外の銀種や護衛官の実力を引き出した。彼らは、自分たちの上限だと思っていた以上の力を引き出され、能力値を底上げされたような状態だった。

全員がフィキの指示を信じて行動したから導き出された結果だ。

それほどまでに、皆が、フィキの実力を認めて、信頼しているということの表れだった。

そして、フィキがそんな作戦を立てられるのは、ネスの戦い方というやつをフィキがほぼ完璧に理解し、分析し、ネスを上手に使いこなす方法を獲得していたからでもある。

「はー……なんでも器用にこなしやがって……むかつくな」

砦への帰路で、ネスはフィキの背中を見ながらぼやく。

「褒めてあげなよ……」

ネスの隣でライカリが苦笑していた。

すごいね。俺もあんな絶対者がほしいなぁ」

「だってそうじゃん。フィキさんは頑張ってネスができるだけ死ななくていい作戦を立てたんだよ？　負傷者はいるけど、それはいつものこと。でも、死者はいない。ネスも死んでない。すごいよね。ネスのこといっぱい考えて、ネスのためになることをしようとしてくれるんだよ。

「はぁ？」

「フィキさん、ネスのために頑張ったんだからさ」

「なんで褒めるんだよ」

「…………」

ネスはライカリの言葉を話半分に聞きながらフィキの背を見つめる。

いつもなら、戦闘が終わるなり「あの突貫攻撃はなんだ！　馬鹿か！　なんでお前はいつも刺し違えることが前提なんだ！」と叱りに来る。

でも、今日は叱りに来ない。

それどころか、「不満や、不都合、改善要求があれば言ってくれ」とだけ言ってきた。

なんとなく、説教されないのは、すこしさみしい。

まだ、説教されるほうがマシだ。

それに、やっぱり、フィキが自分の盾になるのがいやだった。

それだけはすごくいやだから、それだけはやめてくれと言おうと思った。

　フィキに庇われるのだけは、どうしてもいやだ。

　耐えられない。

「わ……、ネス、夕立だよ。雨が降ってきた」

「鬱陶しいな。……とっとと戻ろう」

　ライカリとネスが空を見上げるなり夕立が降り始める。

　間もなく、それは冷たい霧雨に変わり、皆の帰り路を急がせた。

　十七特殊戦の砦の灯りが見えたところで、伝令係が駆け寄ってきた。

「すまん、帰ってきたばかりで申し訳ないが、北部守護隊が巡回中に災種と遭遇した」

「応援が必要か？」

　フィキが代表して応対する。

「あぁ。銀種が一名負傷してな……。夜間の哨戒と、取り逃がした災種の捜索に人員が足りんのだ。そちらの隊で銀種の損耗が少なければ人員を出すようにと司令からの命令だ」

「負傷者は誰だ？」

「サルスだ」

　ネスの問いに伝令係が答える。

　サルスは、災種との交戦中に、災種の吐き出す瘴気《しょうき》を吸いこんだらしい。命を奪われることはないそうだが、これ以上、体に毒気が回らないよう、動くことは禁物、安静が必要らしい。

「なら、俺が行く」

ネスは自分から申し出た。

先日の借りを返す機会だ。

「休憩なしですまんが、早速頼む。サルスの担当地区は……」

「行動予定で確認する」

伝令係とネスが話していると、当然のようにフィキも付いてきた。

ネスは、なんだ？　という視線をフィキへ向ける。

「俺は絶対者だ」

「だから？　俺がサルスの代わりするだけだからアンタはいらない」

「俺のことは気にしなくていい。勝手にお前に付いて行くだけだ」

「……好きにしろよ」

どうせなにを言ってもフィキは引き下がらない。

ネスは諦めて、「まぁいざとなったら俺がコイツ庇って死ねばいいんだし」と、自分を納得させた。

＊

雨が本降りになった。

瘴気を吐く災種への対策として、目元以外を布で覆い隠して捜索に出た。

山道はぬかるみ、外套のフードを目深にかぶっても叩きつけられるような雨足だ。

災種が出現する気配はない。

ネスとフィキは、雨に消されそうな災種の足跡や獲物を獲った形跡を探しつつ、サルスの担当地区を見て回った。普段と違った様子があれば報告して、その近辺を重点的に山狩りだ。

ネスとフィキは、その途中で土砂崩れを発見した。

日も暮れて、辺りは暗い。月も星も雲に隠れて、頼りはフィキが持つランタンだけだ。

ネスは、災種を警戒しながら、土砂崩れの起きた場所を覗き見た。

「規模が分からんな。俺が調べる」

「おい」

ランタンを無理矢理持たされて、「火を消さないようにしろ」とフィキに命じられる。

こういう時、危険な役目は銀種の仕事だ。

もし、人間のフィキになにかあったら、取り返しがつかない。

「おい！」

ネスはフィキの降りて行った山肌をランタンで照らし、急いで追いかける。

「ネス、土砂崩れは小規模だ。……ネス？」

斜面を下った場所から、フィキが声をかける。

そこに、黒い影が走った。

災種だ。

フィキの頭をめがけて、槍のように長く鋭い爪を振り下ろす。

「フィキ！」

ネスは叫んだ。

叫んで、なにも考えずに駆けだし、フィキを抱きしめて斜面を転がった。

次の瞬間、フィキが立っていた場所を災種の爪が横切る。

災種は獲物を狩り損ねた怒りを露《あら》わに低く唸り、獰猛な牙を覗かせる口端から瘴気を撒き散らす。

サルスたちを襲った災種だろう。

その災種は二足歩行で、異様な猫背の長身だった。長い腕を地面に引きずるように歩き、細く長い足の膝を屈伸するように曲げて歩く。瞬発力はあるが持久力がないらしく、斜面の下まで転がったネスとフィキを探すような素振りを見せたが、結局、見つけきれずに姿を消した。

「……フィキ、おい、フィキ、大丈夫か」

ネスはフィキに声をかける。

二人とも、泥土《どろつち》にまみれている。ネスはフィキの頭を守るように抱きしめているつもりだったが、斜面を転げ落ちる間に、フィキがネスの体を抱く体勢に変えて、その背で庇って斜面を滑り落ちたらしい。

フィキの胸に頭を預けたネスの背にはフィキの両腕がしっかりと回されている。

ネスはフィキの腹に寝そべったまま、「おい、しっかりしろ」と声をかける。

「……問題ない」

すこし遅れてフィキの返事があった。

「本当に無事か?」

「あぁ」

「背中は?」

「……すこし痛むが、骨が折れた感じはない。打撲程度だ」

「分かった。アンタは風上に避難しろ。俺は災種を殺してくる」

フィキの状況を確認し、立ち上がろうとした瞬間、ネスは膝から崩れ落ちた。

右の太腿に折れた木の枝が刺さっていた。大人の親指一本程度の太さだ。太腿の外側、腰に近い位置から内腿の膝に近い位置へ、斜めに突き刺さっている。

ネスはそれを掴み、自力で抜き取った。

「バカか、お前はっ！　怪我の位置も確認せずに抜くな！」

フィキが慌ててネスの太腿に手を当て、溢れる血を止める。

「すぐ治る」

「治る前に大量出血だ。そもそも、この足で斜面を上がるのは無理だ」

「なら、迂回する」

「冷静になれ。二足歩行で、しかも瘴気を撒く災種だ。一人で戦うべき敵ではない」

「でも、アンタが瘴気を吸ったら回復に時間かかるし、苦しいし、最悪死ぬだろ」

「それはそうだが……それはお前も同じだろうが」

「俺はすぐ治る」

「俺だっていずれは治る」

「治らない、アンタは死ぬ。死ななかったとしても、アンタが苦しいのは可哀想だ。人間なんだから、自分の体大事にしろよ」

「……ネス」

フィキが、悲しいものを見るような、可哀想なものを見るような、なんとも言えぬ目でネスを見つめてくる。

孔雀色の瞳がネスになにか訴えかけてくる。

だが、ネスは、フィキのその得体の知れない情に絆されたりはしない。

「とにかく、アンタのことは絶対俺が守ってやるから、おとなしくしてろ」

「俺のことを守るつもりなら、それこそ俺の傍を離れるな」

「なんで？」

「もし、お前が災種を追いかけて、俺がここで一人で残ったとして、俺のところに災種が出現したらどうする？」

「………………」

「お前には災種を殺す能力があるが、俺には災種を殺す能力がない。俺が災種に襲われて死んだら、それこそ俺が可哀想だろ。俺が苦しい思いをするんだぞ」

「……うん」

それはそのとおりだ。

ネスはフィキの言い分に頷く。

「なら、俺の安全を第一に考えて行動しろ。まずは、災種の瘴気が流れてこない風上に移動して、可能なら風雨を凌《しの》げる場所に避難して、体温が低下するのを防ぎ、そこから砦へ戻る手段を考える。それでいいな？」

「分かった……」

「ほら、行くぞ」

「………………あぁ」

おかしい。気が付いたら、フィキに主導権を握られている。

しかも、いつの間にかフィキに肩を貸されて、フィキに支えられてネスは立たせてもらっている。

「……すまん、またお前に断りなく触った」

ネスすら気付いていなかったのに、フィキが律義に謝罪した。

「もういいよ」

ネスはなんとなく、そう言っていた。

＊

ネスが自分で考えるよりも右足の負傷は重篤《じゅうとく》だった。足の負傷だけで済んだのは、あの一瞬でフィキが咄嗟《とっさ》にネスを守ったからだが、この足では歩いて砦へ帰還することは不可能だと二人ともが判断した。

ネスの怪我そのものは、数時間も放置すれば歩ける程度に回復するだろうが、この状況だ。長い夜になることは、ネスも、フィキも、覚悟していた。

追い打ちをかけるように、雨は土砂降りに変わった。

だが、幸いなことに、ネスがこの辺りの地形に見覚えがあり、すぐに一時避難場所へ辿り着くことができた。

避難場所といっても、天然洞窟だ。ネスや、ネス以外の銀種も、大雨や嵐、暴風雪などの悪天候の日に一時的に避難したり、暖を取るために利用している。時には、災種を待ち伏せするために寝泊まりに使うこともあって、火を熾《おこ》す道具と、ひと晩持つ程度の薪《まき》を常備してあった。

ひとまず、フィキが火を熾し、二人で暖を取った。

濡れた外套を脱ぎ、軍服の上着の水を絞り、フィキはその場でできる限りネスの怪我の手当てを行い、ネスは災種が襲ってこないか警戒し続けた。

状況把握が完了すると、二人が次にしたことは、性交渉だ。

交尾だ。

死んだ銀種は、絶対者の口づけで息を吹き返す。

負傷した銀種は、絶対者と交わることで治癒速度が上昇する。

次、また、いつあの災種が襲ってくるとも限らない。雨が止むか、夜が明ければ、砦へ帰投するためにこの洞窟を出なくてはならない。その帰投の最中に災種の攻撃を受ける可能性もある。

今回くらいの怪我ならば、放置していてもいずれは完治する。ネス以外の銀種でも、半日から一日程度で治るだろう。火急の任務でもない限り、この程度の負傷では、交尾までして治そうとは誰も思わない。だから、ネスもすっかりそのことを忘れていたが、フィキは知識として覚えていたようだ。

こういう危機的状況下においては、それがもっとも安全性の増す選択なら、それを選択すべ

Premium News
COMICS&NOVELS INFORMATION
2020.05
セックス下手な絶倫大学生×ツンデレな床上手
セックスは得意、だけど
愛されるのは苦手。
ダリアコミックス
君とハウツーセック
夏

郵便はがき

170-0013

STAMP
HERE

東京都豊島区東池袋3-22-17
東池袋セントラルプレイス5F
(株)フロンティアワークス

Daria《ダリア》編集部行
DB DARIA BUNKO ダリア文庫愛読者係

〒□□□-□□□□ 住所 都道府県	
	電話 (　　) 　-
ふりがな 名前	男・女 / 年齢 歳
職業 a.学生(小・中・高・大・専門) b.社会人 c.その他(　)	購入方法 a.書店 b.通販(　) c.その他(　)
この本のタイトル	

ご記入頂きました項目は、今後の出版企画の参考のため使用させて頂きます。その目的以外での使用はいたしません。

DB ダリア文庫 愛読者アンケート

★この本を何で知りましたか？

A.雑誌広告を見て(誌名　　　　　　　　　　　　)
B.書店で見て　　C.友人に聞いて
D.HPで見て(サイト名　　　　　　　　　　　　)
E.その他（　　　　　　　　　　　　)

★この本を買った理由は何ですか？(複数回答OK)

A.小説家のファンだから　　B.イラストレーターのファンだから
C.好きなシリーズだから　　D.表紙に惹かれて
E.あらすじを読んで
F.その他（　　　　　　　　　　　　)

★カバーデザインについて、どう感じましたか？

A.良い　B.普通　C.悪い (ご意見　　　　　　　　　　　　)

★今！あなたのイチオシの作家さんは？(商業、非商業問いません)

小説家　　●どういう傾向の作品を書いてほしいですか？

イラストレーター　　●どういう傾向の作品を描いてほしいですか？

★好きなジャンルはどれですか？(複数回答OK)

A.学園　B.サラリーマン　C.血縁関係　D.年下攻め　E.誘い受け　F.年の差
G.鬼畜系　H.切ない系　I.職業もの(職業：　　　　　　　　　　　　)
J.その他(　　　　　　　　　　　　)

★好きなシチュエーションは？

A.複数　B.モブ　C.オモチャ　D.媚薬　E.調教　F.SM
G.その他(　　　　　　　　　　　　)

★この本のご感想・編集部に対するご意見をご記入下さい。
(感想などは雑誌・HPに掲載させて頂く場合がございます)

A.面白かった　B.普通　C.期待した内容ではなかった

●ご協力ありがとうございました。

きだ。

　互いに嫌い合っていても、合理的ならばそれを選ぶ。

　いままでのネスなら、フィキ以外が相手なら、その選択は拒否していたはずだ。

　だが、今日のネスはフィキを受け入れた。

　フィキを守るためには、ネスが戦える状態になる必要がある。

　それに、今日のフィキになら抱かれてやってもいいと思うくらいには、ネスは気分が良かった。

　なにせ、今日の昼間の戦闘は、ネスにとって人生で一番楽しく自由に戦えたからだ。

　なにも考えずに、誰に指示を出す必要もなく、誰かを庇うために気を削がれることもなく、自分の好きに戦えた。

　フィキを守るためだけに戦えた。

　だから、機嫌が良かった。

　それだけだ。

「勘違いすんなよ、アンタのことをどうこう思ってるとかじゃないからな」

「分かった」

「余計なことはすんな。必要以上に触るな。傷の回復が目的だ」

　ネスはフィキの膝に乗り上げ、後ろ髪を掴み、「主導権は俺にある」と宣言した。

*

かろうじて濡れていない着衣のままで、軍袴《ぐんこ》と下着を片足だけ脱ぐ。中途半端に脱いだそれは、もう片方の足の膝のあたりでぐしゃりと団子になっていて、最低限、交尾に必要な衣服だけをずらした色気のない状態で交わる。

手っ取り早く済ませるために、後ろを慣らすことも、前戯もしない。

フィキはネスに痛みを与えるのが嫌いなようで、指や舌で慣らそうとしたが、ネスが絶対的に拒否を示した。

なぜ、フィキに奉仕されなければならないのだ。

この傲慢な男が、ネスの下肢に顔を埋め、舌や指を使って排泄器に触れることを想像すると、「ざまぁみろ」と思いこそするが、実際にそれをさせたいとは思わない。

だって、可哀想だ。

自分の息子が銀種のケツを舐めただなんてフィキの親が知ったら、嘆き悲しむ。親が泣くようなことをフィキにさせるつもりはない。

「……っは」

ネスは息を詰め、腰を下ろす。

フィキの陰茎に手を添えて、半分までを己の腹に咥え込む。

フィキはあまり興奮しないのか、陰茎はそれほど硬くない。

まぁ、ネスの陰茎も萎えたままだから、どちらもこの状況を歓迎していないのだろう。

「手伝うか？」

「……っせぇ、手ぇ出すな」

額に張りつく前髪を、フィキの手指がそっと脇へ撫でつけるから、ネスはその手を振り払うように顔を横にする。

今度は息を吐きながら、腹に納めたばかりのそれを浅い位置で扱くように、腰を上下する。

慣らしていけば、そのうちぜんぶ入るはずだ。

入るはずなのだが……。

「……っ」

俯《うつむ》いて、奥歯を噛みしめる。

かちかち、かちかち、歯の根が合わず、音が鳴る。

歯の根が合わないだけではなく、自分自身も震えている。

雨に濡れたせいでまだ寒いのだろうか。

震えがくるほど血を流してしまったのだろうか。

なぜ、自分がこうなってしまうのか、なにに脅えているのか、分からない。

ちがう。

分かっているけど、分かりたくないのだ。

この行為は、こわい。

正気の時に性行為をするのは、軍に入ってから初めてだった。

生きている時に男を受け入れるのは、もっと久しぶりだった。

感覚だけが、蘇る。

この行為は、痛い、苦しい、つらい、死にたくなる。

殺してほしいと泣いて懇願するような痛みばかり与えられる。

他人が自分の中に押し入ってきて、無茶苦茶にする。性器だけでなく、いろんな物を挿れられて、壊される。後ろが垂れ流しになって、ゆるくなって、使い物にならなくなったら、首を絞めて殺される。

この時に、腹を裂いたり、頭を潰したりして殺さないのが肝だ。そういうのは、生き返るまでに時間がかかる。絞殺が一番早く生き返る。何度も何度もネスを殺しているうちに、男どもはどうするのがもっとも効率が良いか考え出したらしい。

ネスは数日で生き返るから、そしたらまた後ろの締まりは元に戻っていて、体も健康になっている。殴られた痕も消えている。抜かれた歯も生えている。踏み潰された性器も元通りになっている。

あとは、ずっと、同じことの繰り返しだ。

ネスに突っ込んで、出して、時には端金《はしたがね》で客を取らせて、壊れたら絞め殺す。生き返るまでの間は、死体を犯すのが趣味の奴に貸し出す。

「ネス？」

「……っ！」

名を呼ばれ、びくんと体が震えた瞬間、腰が抜けた。

尻が落ち、予期せず後ろもゆるんで、根元までフィキを咥え込んでしまう。

「……っ、ひ……」

悲鳴のような息を吸う。

吸ったまま吐き出せず、フィキと繋がったまま粗相《そそう》してしまう。

萎えた陰茎から、じわじわと小便が漏れた。

止められない。

怒られる、殴られる、殺される。

謝ろう、そう、謝ればいい。謝れば早めに殺してもらえる。

折檻が少なくて済む。

「……ぇん……ぁ……さ、……っ、ひ……」

ごめんなさい。そう言いたいのに呂律《ろれつ》が回らない。

唇も強張って、血の気が引く。

ネスは、精一杯の力を振り絞り、ほんのわずか顎先を持ち上げて、目を閉じた。

「ネス？」

「……っ」

殴られる。

そう身構えた瞬間、唇を重ねられた。

なんでだ？

ネスが瞼をそろりと持ち上げると、フィキも「いまのは、唇をねだる仕草じゃなかったのか？」とネスの様子を窺っている。

「なんで、唇なんだ……」

「違うのか？」

「……顔、殴るだろ……普通、こういうとき……」

「なんで俺がお前を殴るんだ」

フィキが、キス待ちしていると思ったネスの仕草は、どうやら、フィキが殴りやすい位置まで顎先を持ち上げる動作だったらしい。

ネスがそうすることの意味が理解できず、フィキは眉を顰める。

「だって、漏らした」

「それがなんだ」

「……？」

なんだと尋ねられてもネスが困る。

フィキは、折檻の時に顔面ではなく腹を殴るほうなのだろうか？

それとも、もっとほかの方法が好きなのだろうか？

ネスがフィキの指示を待っていると、唇になにか触れた。

ひとつ間を置いて、それが唇だと気付く。

また、口づけされた。

「お前はもうなにもするな」

フィキの腕がネスの背に回り、背骨に沿って指が臀部《でんぶ》へと滑り落ち、結合部に触れる。

そこが切れていないことを確かめてから、フィキが腰を使った。

「ん、ぁ」

声が出る。

ネスは唇を噛み、声を殺す。

大きな抜き差しはなく、深く繋がったまま奥を揺さぶられる。それも激しいものではない。

オスが一方的な欲の解消のためにネスを使う動作ではない。

それがネスを戸惑わせる。

どうしていいか分からない。

頭はこの行為を怖がろうとするのに、フィキがなにひとつとしてネスを怖がらせることをしてこないから、混乱する。

繋がった場所の、腹の底の深いところには、じわじわと甘く疼く感覚がある。この感覚を受け止めて、味わって、浸って、喘いでいいのかどうかすら分からない。

早く終われ。

それだけを祈る。

ネスが顔を横に背け、自分の手で自分の顔を覆い、意味もなく己の頬に爪を立てる。

すると、フィキがネスの手を取り、己の肩口にネスの顔を押し当てさせる。

額を預けたフィキの肩口や、肌に触れる掌、わずかな息遣い、他人の熱。

触られたくもないのに、フィキの指が触れるたび、もうすこし触れていてほしいと思ってしまう自分がいる。

涙がじわりと滲んでしまう。

自分の心が分からない。

いつの間にかネスの陰茎は勃ち上がっていて、フィキの腹筋に白濁を撒き散らしていた。

体まで、ネスを裏切る。

なにもかも、ネスの思い通りにならない。

ぜんぶ、フィキの支配下だ。

傲慢なフィキは、許可もなくネスの腹に射精する。

射精しながら、そのぬめりを借りて、今度はすこし大きく動く。

ぬち、にち……、肉と粘膜に精液がまとわりつく。射精してもフィキは萎えていないらしく、
ネスは苦しい。苦しいのに、肉を割り開かれ、深く抉られ、ゆっくりと内壁を搦《から》めとるように
抜かれていくと、鼻から抜けた吐息が漏れる。

きもちいい。

それは、とても、困る。

こんな気持ちいいことを知ってしまったら、離れられなくなる。

自分からは決して求められない行為なのに、忘れられなくなってしまう。

フィキとは親しくなりたくない。

親密で、特別な関係なんて絶対にいやだ。

構ってこられるのが鬱陶しい。

同室なんて、絶対にお断りだ。

絶対者だなんて認めない。

傍にいてほしいだなんて思わない。

ネスの傍にいたら、人間はいくつ命があっても足りない。

フィキに助けてほしいだなんて思わない。

ネスは、フィキからの見返りを望んでいない。

互いに分かり合うことも、相思相愛になることも、命を賭けて守られることも、信頼に足り得る関係だと手に手を取り合うことも、なにも望んでいない。

ネスは、ただ一方的にフィキを好きでいたいだけなのだ。

「早く終われ……っ、クソ野郎」

だから、ネスは、今日も言葉で精一杯の嘘をつくのだ。

＊

随分と長い時間をかけて交わっていたような気がする。

ネスは、どうにも時間の感覚が希薄だった。

事後特有の気怠さや眠気に負けて、うつらうつらするうちに乾いた服を着せられ、フィキの懐に抱えられて深く寝入ってしまった。

目を醒ました瞬間、前後不覚になり、狼狽えた。

死んで生き返った時と同じような感覚に襲われた。

それは、銀種にはままあることだ。

眠りに落ちる感覚は死ぬ間際の感覚に似ていて、目を醒ます感覚は生き返った時の感覚に酷似している。寝起き端や寝入り端に錯乱して、ベッドから飛び起きるなんてことは、しょっちゅうだ。

「寄越せ！」

だが、今日は錯乱するよりも先に、フィキの孔雀色の瞳を見た。

フィキの両頬を両手で掴み、ごつんと額を強く押し当てて、孔雀色の瞳を見た。

「ネス？」

「黙ってその孔雀を寄越せ」

孔雀色の瞳。

ネスへの視線がうるさい瞳。

ネスが死ぬ時も、生き返る時も、最期に見て、最初に見るもの。

ネスは、自分で自分を落ち着かせて、得意げに笑い飛ばす。

錯乱する前に、自分で自分を取り戻す。

「どうだ！　見ろ！　一人で自分の感情くらい制御できる！」

「いや、……お前、俺の目を見ることで精神安定剤の代わりにしてるじゃないか」

「………………」

ネスはそう言われて、「そういえばそうか……」と小さくなる。

小さくなって、身じろぎして、自分の縄張りにフィキが入り込んでいて、ビビった。

ネスはフィキの両足の間に座らされ、フィキに肩を抱かれ、フィキの胸に頭を預けて眠っていた。それどころか、自分の手がフィキの服の裾を握っていた。

この場に至って、ようやく自分の寝覚めが良好で、久しぶりにとてもよく眠ったような気がして、気分も爽快だと感じている自分に気付く。しかしながら、ここはまだあの洞窟で、夜は明けておらず、雨も止んでいなかった。

「怪我はどうだ？　痛むか？」

「痛くない」

「見せてみろ」

フィキはネスに着せていた自分の上着の裾をめくり、傷を確認する。

太腿の傷口は、肉が凹み、表面に擦り傷のようなものはあったが、ほぼ治っていた。

これなら、夜明けとともに動けるだろう。万が一、災種と遭遇しても戦える。

「ネス、お前、足に刺さった木を抜いたが、痛覚がないのか？」

「いちおうあるけど、死ぬ時より痛くないから、もうなんとも思わない」

ネスは欠伸交じりに答える。

いつものように反発する気力がなかったし、ケンカする気もなかった。

なにせ、腹にまだフィキが入っているような気がして、落ち着かないのだ。

ちょっとしたことで、あのなんとも言えぬ感覚を思い出してしまい、また発情してしまいそうになる。

絶対者という存在は厄介だ。

ネスがどれだけ自分の感情を覆い隠そうとしても、無意識のうちに本心を暴こうとしてくる。

そして、銀種はそれに抗えない。

たった一人の、自分だけの特別な存在を前にしたら、なにも嘘をつけなくなってしまうのだ。

「痛みは感じるんだな？」

「あー……うん、たぶんな。最初の頃は、もっと痛かったような気もするけど忘れた」

「そうか……」

ネスの言い分に、フィキは頷く。

これは、銀種の抱える典型的な弊害だ。

傷ついて、死んで、その回数を重ねるごとに、銀種は分からなくなるのだ。

痛み、苦しみ、悲しみ。ありとあらゆる感覚が、麻痺してくるのだ。

痛みを感じる体の感覚も、それを怖ろしいと感じる心の感覚も、死んでいくのだ。

普通の心では耐えられない痛みや苦しみが繰り返されるたびに、脳や心がそれらに耐えるために、感じなくなるのだ。

銀種は、体こそ健康な状態で何度でも生き返るが、心は違う。

心はすこしずつ死んでいく。

過去、これまでに自分が殺された状況をひとつひとつ覚えていて、痛みも覚えていて、苦しみや悲しみや絶望や恐怖を忘れられずに生き返る。そして、また、死ぬ日を待つ。

そうしているうちに、心はすこしずつ死んでいく。

けれども、銀種は自分たちが生きるためにそうするしかない。

この世界では、いまのこの世界では、そうやって生きて死ぬしか自分を守る方法がないからだ。

「お前、死ぬのはこわくないのか?」

「慣れた」

ネスは答える。

「俺には想像もつかんが、……正直なところ、こわい」

「そりゃそうだろ。アンタらは一回きりの大事な命なんだから、こわくて当然だ」

ネスは笑い飛ばす。

「お前たち銀種も最初はそうだったはずだ」

「……忘れた。二度と思い出したくないから、もう二度と訊いてくるな」

ネスは強がって、忘れたフリをして目を閉じる。

ネスを懐に抱くフィキの腕に、力が籠められる。

程好い力加減と窮屈さに、ネスは細く息を吐き、「絶対者には抗えないんだなぁ……」と自嘲する。

こうして自分が誰かに触れられて、それを許容する日がくるなんて想像もしていなかった。

まぁ、フィキの強引さや、ネスがどれだけ拒絶してもめげない粘り強さに根負けした……というところもあるのだが、フィキのこの腕に抗う理由を見つけるほうが億劫なほど、ネスはすこし疲れていた。

「フィキ」

「……なんだ？」

「アンタ、俺のことどれくらい知ってる？　どうせ、バルビゲルからなんか聞いてるんだろ」

「簡単なことしか聞いていない」

「じゃあまぁ、アンタの腹に小便撒き散らした詫びに聞かせといてやるよ」

「話したくないことなら話さなくていい。……と言いたいところだが、この先、絶対者の俺に話せないなら、お前は誰にも話せないだろうから、俺が聞こう」

「めんどくさい男だな、素直に、聞かせてくださいって言えよ」

「聞かせてください」

「……っは、っ……アンタのそういうところ……、まぁ、嫌いじゃないからいいか……」

ネスは諦め気味に肩で笑って、話を続けた。

「自慢にもならない話だけどな、俺は、軍に入る前は、単独で災種狩りして小金を稼いで生きてたんだよ。……それは知ってるか？」

「知っている」

「……で、その時に何度も死んだことがあるんだよ。ま、これもよくあることだな。……で、死んだ自分の体を乱暴された経験がある」

「………」

「生き返った時に、服とか髪とか体に精液が付着してたりするから分かるんだよ。あとはまぁ、死んだ時と、生き返った時で、違う場所で目覚めてビビるとかかな。冬に森のなかで死んだのに、目が醒めたら次の年の春になってて、娼館に売り飛ばされてて、腐らない死体だって触れ込みで、そういう趣味の奴らの相手をさせられてたりするんだよ。俺、死んでて意識もないし、なんの同意もしてないのにな」

銀種は何度も生き返る。

災種狩りを一人でできるようになるまでは、あちこちでひどい目に遭った。

「ドルミタに乱暴しようとしたあの護衛官を半殺しにしたのも、まぁ……過去の自分と重ねてブチ切れただけだ。ドルミタのためっていうより、自分のためだな。……護衛官を半殺しにしても、昔の自分なんか救えないのにな」

ネスは笑った。

滑稽だ。

結局、仲間にしてやりたいと思うことは、ぜんぶ、自分がしてほしかったことなのだ。

ネスの身代わりになって死んでほしい。

己が傷つくことを厭わずに、ネスを庇ってほしい。

小さかった頃の自分を守ってほしい。

助けてほしい。

救ってほしい。

親切にしてほしい。

優しくしてほしい。

見捨てないでほしい。

死んでいる自分を見舞ってほしい。

自分の代わりに戦ってほしい。

その背中に庇って、盾になってほしい。

でも、見知らぬ誰かに期待して、いつかはそうしてもらえるかもしれない……という実現できそうもない未来を待つよりも、自分自身が強くなるほうが手っ取り早かった。

「アンタはいつも俺の盾になってくれた。今日は、俺の戦い方を尊重してくれた。俺とアンタ、二人で行動してるのに、……二人なんか動きづらいだけのはずなのに、今日は、俺一人の時よりも、俺は自由で、好きに戦えた。アンタになら背中を任せられると感じた。護衛官の件じゃ、バルビゲルと交渉して懲罰房を一日で済むようにしてくれた。アンタの親切には感謝してる」

「お前になら、いくらでも、なんでも、してやりたいと思っている」

「いらない」

「取り付く島もないな。だが、まぁ、信じなくてもいい。それでも俺は、真実お前の望むことをしてやりたいと考えている」

「……あぁ、そういうことか」

ネスはなんとなく腑に落ちる。

急にフィキの態度が改まった理由。

それは、フィキのネスに対する感情が変わったからだ。

「……ネス？」

「いまから俺の言うことが正解なら、その時は正直に答えろ」

「……分かった」

「アンタが俺に親切にするのは、俺に利用価値があるからだ。俺……というか、銀種だな。銀種を利用する目的があって、俺を懐柔するために親切なフリをしてるんだ」

「なぜそういう考え方になるんだ」

「なんの下心もなく銀種に親切にする人間はいない」

「目の前にいる」

「もしそうなら、……アンタのその異様な親切心は異常だ」

「俺の心がおかしいと、お前が決めつけるのか？」

「そうだ。おかしい。俺の勘違いなら、自意識過剰だって笑え。でも、アンタが俺へ向ける言葉が、真実アンタの心を表現しているなら、アンタの心はおかしい」

だって、人間は銀種にそんな優しい言葉をかけない。

親切にしない。

身を挺《てい》して銀種を守ったりしない。

「なぁ、フィキ……アンタ、多頭飼いって言葉知ってるか？」

「……知っている」

「銀種と絶対者の契約は解消できない。でも、アンタなら銀種の多頭飼いくらい容易いはずだ。それは、今日の災種との戦闘を見ていても分かった。一度に五人以上の銀種に命令を下して、それぞれの特性を引き出して戦わせるなんて、並大抵のことじゃない。俺はこれからもアンタの銀種としていくらでも死んでやるから、……銀種にそれ以外のことを求めるなら、……アンタの特別な感情を俺に向けるなら、ほかの銀種を見つけて、そいつと仲良くやれ」

「…………つまり？」

「アンタの俺への感情は、特別な感情だ」

「…………」

「まぁ、返事がなくてもいい。俺だって返事されても困るからな。だから、これだけは伝えておく。アンタと俺は、ここから先、どうにもならない。アンタが俺の考えに歩み寄る必要はないし、俺もアンタの考えに歩み寄るつもりはない。契約はしたが、どう考えても相性が悪い。この関係に明るい未来はないと思え」

「俺はお前だけの絶対者だ」

「なら、銀種である俺を上手く使って、俺を殺すために使え。それ以外の感情で俺を扱おうとするな。俺を死なせないような作戦を立てるな。俺を大事にするな。大事にしたいと思う相手は、ほかを探せ」

「お前は勇気ある男だ」

「そりゃ、どうも……。あのな、いまの俺の話を聞いてたか？　ぜんぜん違うこと言って話を逸らすな」

褒められて狼狽えるが、ネスはそれに誤魔化されず話を本筋に戻す。

「本当にそう思っている。人間を嫌っているのに、俺に対して誠実に話をしてくれるし、こんなにも歩み寄ってくれている。そのうえ、俺と契約してくれた。これほどまでに嬉しいことがあると思うか？」

「アンタの感情なんか知らねぇよ。俺は、アンタに庇われたくない。盾になってほしくない。

アンタが死ぬなら自分が死んだほうがマシだ。アンタからなにか返してもらいたくなんかない」

「お前はなぜそうなんだ」

「なぜ……って、そりゃ、好きな奴のために死んでやるのが俺の愛情の差し出し方だからだ」

ネスは自分が口を滑らせたことにも気付かず、息を吐くように自分の心を偽ろうとする。

フィキからの特別な感情なんていらない。

もし、それが愛なんてものなのだとしたら、絶対にいらない。

愛されたくもない。

一方的に差し出す愛でいい。

ネスは、そういう生き物なのだ。

「ネス」

「あ？　……っ、いってぇな、なんだよ……」

顎先を捉えられ、顔を上げさせられる。

続けざまに文句を言おうとして、息を呑んだ。

孔雀色の瞳に、怒りが見えた。

「二度と多頭飼いの話は持ち出すな。お前は俺の物で、俺はお前の物だ。俺たちの契約に、第三者を割り込ませるつもりはない」

「…………」

「返事だ、ネス」

「…………」

「ネス」

「…………」

「返事をしないつもりなら、それでも構わない。だが、それ相応の方法で、返事をしたくなるような抱き方をしてやる」

「……っ」

「返事だ、ネス」

「…………は、い……」

ネスは喉を鳴らし、知らず知らずのうちに行儀の良い返事をしていた。

ネスを叱る孔雀色の瞳があまりにも美しくて、見つめることに夢中になるほど心を奪われて、ネスは自分を偽ることもできなかった。

【3】


瘴気を撒き散らす災種は、いまもまだ見つかっていない。

通常任務に加えて、件《くだん》の災種捜索も継続して行われていた。

二本足の災種は四本足の災種よりも知恵があるから厄介だ。自分が不利だと察したら逃げ出して、潜伏し、逆襲の機会を窺う。

フィキが第十七特殊戦術小隊に赴任して、六十日が経った。

ネスとフィキは、相変わらず同室だ。

あの洞窟での一夜以来、すこし関係が変わったのも事実だ。

自分のことを話したせいか、ネスは憑き物が落ちたようになって、フィキの前で取り繕うことをやめた。無駄に突っかかって虚勢を張るのをやめただけだが、ネスが人間相手にそうしたのはフィキが初めてだった。

いきなり態度を変えるわけではないし、「いままで悪かったな」と謝罪したわけでもないが、自分を強く見せなくてもいい相手がいるというのは気が楽なもので、同じ部屋で、お互いに無言で過ごしても苦痛にならないくらいではあった。

「…………」

朝、ネスはゆるやかに眠りから醒めた。

窓からの隙間風が吹き込まなくなって、早朝の寒さで目を醒ますこともなくなった。

「重……」

腹に乗るフィキの腕を持ち上げて、寝床に置き直す。

ネスは上半身を起こすと、ガシガシ頭を掻いて欠伸をする。

隣には、フィキが寝ていた。

上半身裸で、寝乱れた前髪が額に流れ、その隙間から彫りの深い目元が見える。無意識なのか、寝床を指先で手繰《たぐ》り、ネスを探し、当たり前のようにネスの腰に腕を回してくる。

洞窟の一件以来、フィキにならば触られても大丈夫になった。

大丈夫になった、というか……もう、触られてもいちいち「触るな」と拒絶するのが面倒になって、フィキの好きにさせている、というのが実情だった。

その延長線上で、気付いたら、なし崩しで一緒の寝床で寝るようになっていた。

あの日、夜明けとともに洞窟から出て、砦へ戻り、報告を済ませて宿舎に引き上げた。部屋へ入るなり、ネスは寒く感じた。単純に、出血量のせいで貧血気味なのだと判断した。見た目の怪我は数時間で治っても、造血にはもうすこし時間がかかる。

そのまま寝床に潜り込もうとして、ネスは、寝床がひとつしかないことを思い出した。

ひとつはネスが自分で使っていた寝台。もうひとつは、ネスが荷物置き場にしていて、埃まみれになって使えない寝台だ。

「あー……アンタ、ここ使えよ。俺、仮眠室に行くわ」

フィキに寝床を譲ってやった。

ネスにしてみれば最大限の譲歩のつもりだった。

小雨になったとはいえ、雨の降るなか、冷えた空気と生乾きの軍服でぬかるんだ山道を歩いて帰ってきたばかりで、ケンカする気力もなく、なおかつ、これまでと同様の適切な距離感で互いに不可侵でいるべく、ネスはそういった提案をした。

だが、フィキは無言でネスの手を取り、まるで自分の寝床のようにネスの寝台に入ると、懐にネスを抱いて眠った。

ネスが瞬きひとつする間に、フィキは寝息を立てていた。

寝床から蹴り落としてやろうかとも思ったが、起こすのが可哀想でやめた。

あの夜は、洞窟でほとんどずっとフィキが夜を徹して災種の警戒をしていたからだ。

「お前はできるだけ体を休めて回復に努めろ。災種が現れたら起こすから頑張ってその時だけ戦え」

ネスはフィキの言葉に従った。

それが正しい判断だと思ったからだ。

「……………」

そうして、目の下にすこしの疲労が窺えるフィキの寝顔を見ていたら、ネスも眠ってしまった。

泥のように眠った。

しっかりと眠ってから目を醒ました時、自分たちが、斜面を転げ落ちた時の軍服のままだったことを思い出した。

だが、気付いた時には手遅れだ。寝床が乾いた泥や汚れで大惨事になっていた。

二人して寝起きの顔を見合わせて、「いまからこれを片付けるのか……」とげんなりして、どちらもが無言で泥土まみれの寝具を剥ぎ、新しい寝床を整えた。

その日から、今日まで、なんとなく一緒に寝ている。

ただ寝ているだけで、性交渉はない。

下着こそ身に着けているが、二人とも上半身裸だ。お互いに眠る時はこの格好が落ち着くのだと妙なところで意気投合してしまい、気まずい思いをしながらも、どちらもそのまま布団に入る。

窓際の狭い寝床に図体のデカい男が二人してぎゅうぎゅう詰めになって、毎日、疲れた体で泥のように眠る。どちらも背が高いから、足を伸ばして寝ると、足先が寝台の向こうに出てしまう。

布団から出た足が寒いからと膝を曲げて寝るのだが、そうすると、布団のなかで膝がぶつかって、四本の足が渋滞して、絡んで、窮屈さを覚える。

それでも、ネスは荷物を置いたままのもうひとつの寝台を片付けようとは思わない。

フィキも、そうしようと提案しない。

「……足、邪魔……少佐殿、少佐殿の無駄に長い足がクッソ邪魔であります」

「…………人の太腿に足先を突っ込んで暖を取るな」

「うるせぇな。無駄に筋肉あるんだからしっかり発熱して銀種様の足を温めろ」

毎日、毎晩、足の落ち着け先でケンカしながら眠る。

ただそれだけだ。

「嫌いなほうが楽なのになぁ……」

ネスはここ十数日間の自分の心境の変化に思いを馳せ、窓の向こうを見ながらぼんやり呟く。

もう、肌が触れ合おうと、至近距離にフィキがいようと、なんとも思わなくなった。

「……ネス」

「うっせぇな、寝てろよ」

口ではそう言いながらも、フィキの腕に誘われるがまま、ネスはもう一度寝床に横になる。

当たり前のようにフィキの懐に招き入れられ、額に唇が押し当てられる。

フィキは自分の懐で固まるネスに微笑みかけ、「お前、自分の縄張りに他人が入ることも、他人の縄張りに自分が入ることも、ものすごく警戒するな。猫みたいだ」と、しみじみとネスを見つめ、腰を抱く。

孔雀色の瞳は、今日も自己主張が豊かで、ネスを見つめる視線がうるさい。

「そういうのは、すんな。あと、もうちょっと遠慮しろよ。ここ、俺の寝床だぞ」

ネスは、そうするのが決まり事のようにフィキを押し返した。

「狭いんだ。諦めろ」

フィキはネスの頭を抱いて、また寝てしまう。

「…………」

調子が狂う。

フィキは一事が万事こんな調子で、距離を詰めてくる。

いままでは多少ネスに遠慮して、気遣って、様子を見ながら触れてきたくせに、近頃はずっと押しが強い。同衾《どうきん》するだけでも必ずどこかしらに触れてきて、ネスを放さない。

ネスもネスで、どうかしてる。

本気で拒めばフィキはやめるだろうに、ネスはそれを求めない。

だって、フィキに触れられることは、いやではないのだ。

なにせ、ネスはフィキのことが好きだ。

こう見えて、ネスはフィキのことが好きだ。

好きな男から触れられれば嬉しい。

嬉しいけれど、触れられることを望んではいないから、体温を肌で感じるたびに苦しい。

「はー……」

溜息をつき、ネスはもう一度起きた。

フィキの腕から抜けて、その体を跨《また》いで寝床を出る。

椅子に引っかけてあった肌着を頭から被り、シャツを探して、白い布の波を掻き分ける。

もう一度欠伸をしながらシャツに袖を通し、裸足《はだし》の足先で軍靴を手繰り寄せる。

「それは俺のだ」

「……っ！」

肩にフィキの顎が乗せられて、太い腕がネスの背後から前へ回る。

フィキはネスを背後から抱きしめ、ネスがいま着たばかりのシャツを脱がせた。

流れるような動作でネスの首筋に唇を押し当て、「ねむい……」とぼやき、ついさっきまでネスが袖を通していたシャツを羽織り、ネスにはネスの服を着せる。

「ちょ、……っと待て、待て、……待て……っ」

直近に迫るフィキの顔面を押し返した。

「なんだ？」

「なんだじゃねぇよ……朝からべたべたしてくんな」

「普通だ」

「アンタの普通、普通じゃねぇんだよ」

ネスはフィキから離れる。

なのに、フィキがネスを追いかけてくるものだから、大きな男が二人して狭い部屋の中をぐるぐる移動し続けることになる。

「あーもう！　こないだまでは俺に対して怒ってばっかりで、いい加減にしろ！　って叱るばっかりだったのになんで急にこんなに態度が変わるんだ？」

「変わるべきだと思ったからだ。なんだ、不服か？　改善してやるから言ってみろ」

「アンタは圧倒的に言葉が足りない。まずそれを自覚しろ」

「俺は行動で想いを伝えるほうだ」

「いや、……行動とか、そんなんなに考えてるか分かんねぇから。あと、アンタの想いとか、ほしくないんだけど……」

「なぜだ」

「なぜって……」

「お前、俺に想われてるんだぞ？　喜べ」

「はー……自信家……自意識過剰……人生その顔面と高知能と高身長で生きてきた少佐殿はさぞや穴に困らない人生をお楽しみになってこられたんでしょうね……」

「ついでに家柄もそこそこいいぞ」

「…………最強じゃん」

「概ね最強だ。良い物件だと思うぞ。俺に決めておけ」

「決めない」

「なぜだ」

フィキは心底驚いた顔をする。

おそらく、自分から誘って断られたことがないのだろう。

「俺、アンタのこといらないから」

「だが、お前、俺のことが好きだろう？」

「…………なんで知ってるんだ」

ネスはフィキに告白した記憶がない。

そもそも、これだけ態度で嫌ってると伝えているのだ。好きだと悟られるはずもない。

ネスの嘘は完璧だったはずだ。

「お前、覚えてないのか？」

「……？」

「洞窟で、お前は、好きな奴のために死んでやるのが俺の愛情の差し出し方だ、と俺に告白したんだぞ」

「…………」

言ったような気もするが、言ってないような気もする。

確実性がない。

あの時は、気持ちが高揚していて、自分で責任をとれない発言をしたような気もするし、その場の感情に任せてなにかを口走ったような気もする。

だが、もし、ネスが本当に自分の想いをフィキに伝えていたのだとしたら……。

「フィキ、もし俺がアンタにそういう色恋を匂わせるような言葉を言ったのだとしたら、それはまぁ、それでいい。そういう前提で話をする」

「では、観念して俺の物になるということでいいな？」

「いやだ」

「…………」

「俺は、好きな奴とは距離を取りたい価値観なんだよ」

「すまん、……理解しがたいので説明を求める」

「俺の恋愛観は、アンタが理解できないものだってことだ。俺は、好きな奴に告白したり、想いを知ってもらおうとしたり、両想いになったりすることを望まないんだよ。アンタとは違うんだ。価値観の相違だ。これ、付き合ってる恋人とか夫婦とか芸術家が別れる時の常套句だろうが」

「俺たちは付き合っていたのか……」

「付き合ってない。勝手に俺とアンタの仲を進展させるな。……あー！　もう！　イライラして靴紐も結べねぇだろうが！　アンタのせいだからな！」

八つ当たりして、右足の軍靴をフィキに投げつける。

寝台に乱暴に腰かけたネスは、左足を軍靴に突っ込む。

結局、左の靴紐も結べない。

ネスが靴紐にイライラしていると、フィキがネスの足下に跪《ひざまず》いた。

フィキは片膝をつき、その太腿に軍靴を履いたネスの左足を乗せ、靴紐を結び始めた。

「…………」

この男はどこまで奴隷のようにネスに傅《かしず》くのだろう。

試しに、ネスがなにも言わずにフィキの好きにさせていると、フィキは、ネスの両足に靴を履かせ、左右の靴紐をしっかりと結び、ネスを立たせて軍袴の皺を整え、足指の先が窮屈ではないか、足首が動かしにくくはないかを確認し、ネスの上着を持ってきたかと思うと、ネスの背後に回って上着を着せ、襟元の階級章の歪みを直し、剣帯《けんたい》を腰に巻き、剣を吊るして、最後に上着の背面の裾をゆるく引いて、生地のたわみを正し、美しく仕上げる。

ネスが自分で着るよりもずっと気心地好く着せられて、やっと終わりかと思ったら、洗面用具から櫛を持ってきて、ネスの髪に櫛を入れ始めた。

「もういい……むり……」

耐えらんない。

世話を焼かれているネスのほうが恥ずかしくなってくる。

ただでさえ他人に優しくされたり、世話されることに慣れていないのに、こんなふうに扱われたら反応に困る。

好きな人に構ってもらえて嬉しいけど困る。……なんで急にこんなふうにいままで以上にどろっどろに甘やかしてくるのか分からない。

気味が悪くて、狼狽えて、怖気づいて、尻ごみしてしまう。

極めつけに「今日も男前だ」と目の前の男前に褒められ、甘い仕草で「愛している」と伝えられる。

「ちょっと待った。……いま、愛してるって言ったか？」

ネスは我が耳を疑った。

「あぁ、言った」

「なんでだ？　……なんで、いま言うんだよ……」

いま、そういうことを言う雰囲気だったか？

俺は、そういうことを言わせるような雰囲気づくりや、思わせぶりな態度をしたか？

してないはずだ。

それどころか、「アンタと色恋でどうこうなるつもりはない」と再三繰り返してきたはずだ。

なのに、なぜ、この男は……、この状況で……。

「言いたくなったから言った」

「………アンタの情緒どうなってんだよ……」

「こうなっている。唐突だったか？　すまん、それでよく女に振られる」

「……振られんの？」

「あぁ。……好きだと言って欲しい時に好きだと言わず、なんでいま言うんだ？　という時に好きだと言ってしまうようで、よく怒りを買う」

「哀れだ……」

「………返す言葉がない」

「アンタ、恋愛下手なのか……。こんなに超優良物件なのになぁ」

「その超優良物件が、お前を好ましく思っている」

「………」

「愛している。どうも俺はお前の言うとおり色恋の物事の進め方が下手なようで、お前には混乱を与えるかもしれないが、今後はその点を鋭意改善し、お前への対処も可能な限りお前の色恋の物差しに合うかたちに沿い、こちらが柔軟な対応で進行していく考えでいる」

「……勘弁しろよ。定例報告みたいに告白してくんなよ」

「それもまたすまん。だが、今後も継続的にお前に迫っていくので、お前もそのつもりでいてくれ」

「はー……もう……ほんと、勘弁してくれ」

「ネス、どこへ行く」

「朝メシ食いに行くんだよ」

ネスはフィキを捨て置いて、先に部屋を出た。

これ以上あの男と同じ空間にいたら、訳の分からん殺し文句で殺されてしまう。

「廊下で待て、すぐに俺も行く」

「やだよ」

ネスは扉を閉じ、廊下を進んだ。

待ってやる義理はないけれど、いつもよりゆっくり歩く。

ちょうどネスが食堂へ到着する頃に、フィキが追いついた。

この食堂は、銀種が使う宿舎の一階にあって、銀種と絶対者、護衛官しか使用しない。

食事は持ち回りで作っていて、今日はライカリとその護衛官二名が当番だった。

「ネス」

窓際の空いている席に座ろうとしたネスを、フィキが「そこは冷えるからこっちにしろ」と暖炉に近いほうの席に誘導する。

「…………だから、いちいち……あー……もう、いい、分かった……」

ネスはまたあの男前の口から下手な口説き文句を聞かされるかもしれないと思うと、言い返すのを諦めて、フィキの手招く暖炉に近い席に座った。

フィキはなにかにつけてこんな調子だから、ひとつひとつ反抗していたら、いつまで経ってもメシを食えない。

反論せずに黙ってメシを食うのが一番フィキと会話せずに済む方法だった。

「ネス、塩は？」

「足りない」

「とってこよう」

「……ん」

フィキが自主的に奴隷のように動くのだから、勝手に動いてもらうことにした。

塩をとってくる、とってくるな、自分でとりにいく、俺のほうが近いから俺がとってきてやる、という会話で、あっという間に一時間くらい過ぎてしまうし、最初は塩の話をしていたのに、一時間後には目玉焼きに塩をかけるか、それ以外の調味料のほうがいいか、……などというくだらない話題に発展してしまっていて、普通の世間話になってしまうことも多々ある。

フィキと話していると、時間泥棒に遭う。

だからネスは、極力、無駄な抵抗をしないことにした。

「……ねぇ、ちょっと……六十日目にして、ついに将校様が狂犬を飼い馴らしたわよ」

「アタシ、ネスが人間と普通に会話してるの初めて見たわ」

別の席に座っている銀種とその絶対者や護衛官たちが、驚きを隠せぬままネスを見やる。

ネスは「見んな」と、そちらに噛みつくけれど、彼ら、彼女らは、なおもネスの変わりようを話のネタに食事を続けた。

「……ネスがケンカ腰じゃない時って、あぁいう話し方なんだな」

「ネスが人間の言うことを聞いてるのを初めて見た」

「すっげぇ諦めた顔してるけどな」

「少佐殿の粘り勝ちかしらね」

「まぁでも、ほら……任務中の少佐殿の実務能力見ちゃうとね、ネスの心も変わって当然じゃない？」

「分かるわ〜。近頃のネス、戦闘時でも少佐殿の判断が正しいと認めたら、ちゃんと命令を聞くようになったもんね」

「少佐殿の命令以外は聞かないけどね」

「まぁ、それが銀種と絶対者の関係よね。アタシたちだって、自分の絶対者の命令以外は無視するもの」

信じるのは、自分の絶対者だけ。

ネスは「アンタなんか形だけの絶対者だ」といまだに口では言っているけれど、無意識に、フィキにだけ信頼を寄せている。

周りも驚くほどに、ネスはフィキの言うことなら聞く。

戦闘中に、フィキが「下がれ！」と、ひと声発すれば、「いまのは行けただろ⁉」と怒りつつも、きちんと下がって、お行儀の良い犬のように主人の傍に従い、フィキの言葉をよく聞いて、災種を狩る。

食事の際に、フィキが「こちらの席でメシを食え」と言ったら、不承不承の体《てい》ではあるけれども、おとなしくフィキの隣で食事を摂る。

ひとつひとつは些細なことでも、その小さな信頼や何気ない距離感が積み重なれば、そこには、二人だけの特別な関係が結ばれていく。

「……ネス」

「ん？」

固いパンをスープに浸して齧っていたネスの口元を、フィキの指が拭う。

ネスは「口で言えよ」と照れ臭そうにして、テーブルの下でフィキの足を蹴る。

まるで、付き合い始めたばかりの恋人同士だ。

フィキは公衆の面前でネスを甘やかす。公然と「俺はコレの絶対者だから、コレの利益を最大限に考え、最優先する」と、行動で示す。

……まぁ、以前から既にその兆候はあった。

その最たる例は、懲罰房の件だ。ネスは護衛官を半殺しにした。なのに、懲罰房に一日入るだけで済んだ。明らかに、フィキが権力を使って処分を軽くした。帝都へ上がる報告書の文面からも、「半殺し」などという過激な文言は消されて、「強姦行為を制止するための一撃」などに修正され、ネスの過失は揉み消されているに違いない。

おそらくは、もう揉み消したあとだ。食堂にいた全員がそう思っていた。

そうでなければおかしい。だって、ネスは、人間を半殺しにした。銀種よりも権利が尊重される人間を半殺しにしたのに、帝都の軍令部に呼び出されることもなく、略式裁判で起訴されることもなく、反省文を書かされることもなく、減給も懲罰もなく、査問会も聴取も免除された。要は、お咎めなしになったのだ。

それは、フィキが揉み消したからだ。

フィキはおそろしいほどに過保護だ。

たぶん、きっと、ネスは自分の与《あずか》り知らぬところで、フィキの権威に守られている。

そして、フィキはそれを殊更に自慢もしないが、誰かがその真偽を問うたなら、「自分の銀種を自分で守ってなにが悪い」と公然と言い放つだろう。

それは、フィキの独占欲だ。

ネスを守れるのはフィキだけ。

ネスが選んだのはフィキ。

ほかの護衛官がネスに手を出さないように。

銀種であるネスを、人間の軍人どもが侮《あなど》らないように。

ネスという銀種はエインキーレ少佐の持ち物だと示し、縄張りを主張しているのだ。

あぁして、フィキが人前でネスの世話を焼くのも、周りのオスへの示威《じい》的行為だ。

あのネスがフィキにこれだけのことを許しているのだ、俺がネスの特別だ、と絶対者として行うべき主張をしている。

そうして周囲の者たちへ、「ネスはフィキのもの」だと周知しておけば、いざという時、ネスは逃げ場がなくなる。ネスの周りから囲い込んで、「フィキが絶対者なら問題ないだろ、いい人じゃないか」と周りも信じて疑わない状況を作っている。

独占欲で、ネスの知らぬうちにネスの外堀を埋めて、己の腕の内側に囲おうとしているのだ。

「あの男、策士ね。執着の塊だわ。……絶対者適性、最高クラスなんでしょうね」

「絶対者適性最高クラスって、滅多にお目にかかれない逸材だもんねぇ」

「ああいうのと結婚したいわ。絶対にずっと一緒にいてくれそう」

「でも、きっとめんどくさいよ、ああいう男……」

「ネス、厄介な男に目ぇつけられちゃったねぇ。タチ悪いよ、あの男」

「お気の毒にねぇ」

「まぁ、ネスを大事にしてくれてるからいいんじゃない？」

「ね、いい絶対者よね」

最終的に、銀種が導き出す結論は、それなのだ。

どれだけ自分に尽くして、自分を大事にして、自分のことを考えてくれるか。

虐げられてばかりのこの世界で、どれだけ銀種である自分を大切にしてくれるか。

方法はなんでもいい。

とにかく、信じるに値する人間であることが重要だった。

＊

フィキのことは好きだ。

でも、特別な関係になりたいとは思っていない。

ただ、ネスの世話を焼くことでフィキが嬉しそうな顔を見せるから、好きにさせていた。

だって、好きな奴が嬉しそうにしていたり、楽しそうにしていたら、なんとなくネスも嬉しいから、フィキがそうしたいならそうさせてやりたいと思ってしまうし、そうすることを許してしまうのだ。

まぁ、適当なところでネスの世話を焼くのには飽きてほしいとも思う。あまり構い倒されて、四六時中フィキが傍にいてあんなふうに甘やかしてこられたら、もっと好きになってしまう。

フィキがいないと、生きていけなくなる。

フィキの命令を聞いていれば、確実に戦果が挙がる。

しかも、フィキはなんとかしてネスを生かそうとする。大きな怪我を負わせないように配慮しつつ、それでいてネスの自由を奪わず、ネスの能力を最大限に引き出し、ネスを死なせない。

フィキがこの砦に来て七十四日。

二ヵ月近く、ネスは一度も死んでいない。

ネスの代わりにほかの銀種が死んでいる、ということもない。

自分が使い捨ての命じゃなくて、大切にされているのはとても嬉しい。

でも、死に方を忘れそうでこわい、とも思う。

次に死ぬ時に、あの恐怖に耐えられるのか……?

俺は次に潔く死ねるのか?

……そんなことを不安に思ってしまう。

死ぬことに脅えていたら、なんにもできない。

でも、次の瞬間には、「まぁ、いざとなったら、たぶん、いつもどおり死ねるな」と考え直す。

意味もなく漠然と死ぬのではなく、意味があって死ぬのだ。

それならばこわくない。

好きな奴のために死ねるなら、こわくない。

「……アイツ、あと何日で帰るんだっけな……」

フィキは九十日間の研修でここに配属された。

ということは、研修期間が終了すれば、帝都へ帰るということだ。

その時、ネスはどうすればいいのだろう。

フィキと離れて生きていけるのだろうか。

絶対者と物理的に距離が離れた銀種は、悲しくて悲しくて生きていけなくなるらしい。

絶対者のすぐ傍にいて、心を通わせられなくなると、生きていけなくなるらしい。

心の距離が離れてしまうと、生きていけなくなるらしい。

ネスは、自分がそうなることを想像できない。

「…………はー……ぁ、ぁあ～……っふ」

ネスは寝台に寝転び、欠伸をする。

今日は休日だった。

ネスが休みの日はフィキもそうなのだが、フィキはバルビゲルのところで話があるらしく、留守にしている。

ネスは久しぶりに一人きりの時間を得て、いつも以上に時間を持て余していた。

大体いつもネスは休日という存在に困っていた。したいことも、やりたいことも、趣味もないので、寝て過ごしていた。

前回の休日はフィキが部屋にいた。同じ空間で過ごしているだけでも、すぐ傍にフィキの気配があって、なんだか不思議な気持ちだった。

その時は、フィキが本のページを繰る音を聞きながら目を閉じていたら、いつの間にか眠ってしまっていた。目を醒ました時に腹に毛布が掛けられていた。昼寝をしていて、毛布を掛けられたのは初めてで、「優しい人間に囲まれた環境で育った奴は、こういうことをしてくれるのか……」と、やっぱり不思議だった。

経験のないことだったから、毛布一枚でも、そうされたことで自分がどう考えればいいのか、この行為に対してどう反応すればいいのか、……毛布を握りしめたまま、自分の感情を持て余した。

そういえば、フィキに親切にされて、一度も礼を言ったことがないことに気付いた。

「……っ、ぁ……」

ありがとう。そう言うべき状況だとさすがのネスも理解していた。

こうされた経験がなくても親切にされたら礼を述べるのだと軍で教育されていたから理解していた。なのに、その言葉が言えなかった。

人間に言ったことがない言葉だった。

アンタには感謝してる。そういうふうな言葉をフィキに言った記憶はあったが、「ありがとう」は言った覚えがなかった。

ネスは何度か口を開いて、その言葉を言おうとしたが、言えなかった。

一度も礼を言わないし、感謝もしないのに、それ以後もフィキはネスに親切にした。

ネスが感謝しなければ、そのうち、フィキも「アイツは礼ひとつ言わない奴だ」とネスを見損なって、恋だの愛だのから目が覚めるかもしれない。

フィキが感謝や見返りを求めて行動するような器の小さい男だとは思わないが、もし、礼を言う言わないの、そういう小さな引っ掛かりが積み重なって、フィキがネスを嫌う一因になるなら、それならそれで、やっぱり礼は言わないで正解だとネスは思った。

「仕事でもするか……」

ネスは物思いをやめて、寝台から起き上がった。

休日返上で仕事に出ても構わない。フィキが来る前はそうしていた。

銀種は数が少ないうえに、恒常的に人員不足という問題を抱えている。この十七特殊戦でも、四名が生き返り待ちで、実働可能な銀種は六名しかいない。ネスが休日返上で働くのは歓迎されているし、その分、給与も支払われる。

まぁ、どれだけ金を持っていても使い途《みち》がないから、稼いでも空しいのだが、もらえるものはもらっておこう、という考えだった。

銀種は、近隣の村や町へ遊びに出かけたり、休みのかぶった仲間の銀種と連れ立ってどこかへ出かけることがない。

　そもそも、銀種は人間にとって畏怖と差別の対象だ。人間の町や村へ下りれば、必要以上に注目を集めて、落ち着かない。時には、謂《いわ》れのない暴力を受けることもあるし、銀種だというだけで絡んでこられることもある。

　人間は、銀種が守ってやらないと災種に喰われて死ぬくせに、銀種よりも数が多いというだけで、銀種より立場が上だと勘違いしている。

　だから、銀種は人間が嫌いだ。

　嫌いな奴らが大勢いるところにわざわざ出かける銀種はいない。

「人生の楽しみ方が分からんのだな」

　バルビゲルが、ネスへ向けてそう言ったことがある。

　趣味もない、興味を抱くものもない。

　ただ生きて、戦って、死ぬ。それの繰り返し。

　そもそも、銀種の大半は強制的に軍に入らされている者ばかりだ。ネスも、五年間ずっと軍に縛り付けられている。脱走すれば追手をかけるくせに、「余暇にはもっと自由を満喫しろ」などと言われても困る。

　楽しみを見つけたところで、それをどう楽しめばいいのか分からない。

　楽しみの見つけ方すら分からない。

楽しみを見つける努力すら、馬鹿馬鹿しい。

生き甲斐なんか、その言葉を想像するだけで虫唾が走る。

ネスにしてみれば、人間も災種もそんなに大差ない。

災種はネスを喰おうとするが、人間はネスを喰おうとしない。人間はネスを食い物にするだけだから、実際に喰い殺してくる災種よりマシかな……という程度だ。

災種と戦うことがいやなわけでもない。かといって好きでもないが、フィキと出会う前は、ただ単純に「生きてメシ食って死ぬために軍にいるようなもの」という程度で、災種と戦うことに目的意識を持っていなかった。

でも、いまは違う。

違うのだと、ネスは思う。

フィキと契約を結んだ時、ネスは「この男を守るためになら何度でも死のう、災種をたくさん殺そう。フィキが長生きして誰かと所帯を持って幸せに暮らす未来のためなら何度でも死ねるし、この痛みにも耐えられる」と思った。

それがネスにできる唯一の愛情表現の方法だったから、そうしようと思った。

もともと、誰かにまっすぐ愛情を伝えることができない性格だし、恋愛なんか人間同士がするものだし、感情表現も不器用なほうだ。だから、自分にできる方法で、フィキが生きている世界を守ろうとした。

ネスは、以前にも増して己の死を厭わなくなった。

その自覚はある。

誰かを守るために自分の命を惜しんでいてはなにもできない。

なのに、なぜか、フィキは、ネスの生き方や戦い方に文句をつけてきて、怒って、「お前の生き方は嫌いだ」と言った。

銀種と人間ではこんなにも考え方が違うんだなぁ……と驚いた。

だから、ネスはフィキの言動に噛みついて、いがみあって、分かり合えない風を装うことにした。

もし、「ネスがフィキを好きで、フィキの幸せのために死ぬことが幸せで、そのために余計に己の命を顧みなくなった」とフィキが知ったなら、フィキは怒るだろう。

きっと、ネスのそんな考え方や生き方、死に方は認めないだろう。

ネスは、フィキに自分を理解してもらうつもりはなかった。フィキに自分の感情や思いを知ってもらうつもりもなかった。そんな重い感情をフィキに押しつけるつもりもなかった。

恩着せがましいのはいやだった。

そもそも、フィキに愛してもらおうなどという考えもなかった。

愛し愛されるのは気持ち悪い。

それは人間がすればいい。

そういうことで一喜一憂して、泣いたり悲しんだり苦しんだり、喜んだり笑ったり涙したり、そういう感情の振れ幅が大きいことはしたくない。

銀種は、淡々と生きて、淡々と死ぬのだ。

だから、ネスは、自分の好意をフィキに悟られないように振る舞った。

本気でむかついてフィキに突っかかっていったところもあるが、わざとフィキを煽るような発言をしたり、反発する姿勢をとったのも事実だ。

「やっぱ働くか……」

ネスは寝台の脇に立ち、大きく伸びをする。

休日返上でネスが働こうとすると、フィキも勝手に付いてくる。

ネスは過労で死んでも生き返れるが、フィキは生き返れない。休日は休むべきだ。なのに、「俺はお前の絶対者だ」と言って、一緒に働こうとする。

そうなるとフィキの休む暇がなくなる。

しょうがないからネスは休日に休むことにしているのだが、いまならフィキが不在だし、独りで自由に行動できる。

「ただいま」

そうこうするうちにフィキが戻ってきた。

行動に移すのが遅かったようだ。

ネスは肩で息を吐き、寝台に座り直す。

「ネス、休日だし町まで出かけないか?」

「………」

ネスは顔を上げて、フィキを見た。

こいつ、本気か……。

休日に遊びに誘ってきた。

愛してると告白して、「アンタとそういう関係になるつもりはない」ときっぱり断ったネスを相手に、よくもまぁめげずにそんな誘いができるものだ。ネスなら無理だ。

「町まで下りる用がない」

「用ならある。お前の剣帯の金具、かなり摩耗《まもう》している」

「知ってる」

「使い慣れているから交換したくないんだろうが……そのままだと壊れるぞ」

「官給品だ。金物屋には売ってない」

「あぁ、そうだな。……それに、その金具、型が随分と古い。以前、ほかの銀種が使っていた物がお前に回ってきたんじゃないか?」

「………」

そのとおりだ。

ネスがこの装備を支給された時にはもう使い古されていた。

きっと、ネスの前に使っていた銀種が死んだから……、本当に、完全に死んでしまって、もうこの装備を使う必要がなくなったから、軍が回収して、ネスに支給したのだろう。

「金物屋に持っていけば修理できる。形状が合えば部品の交換も可能だ。探しに行こう」

「いやだ」

「なら、せめてこれで補強しておけ。俺が町へ下りた時に、合いそうな部品を探しておく」

フィキは自分の荷物から予備の部品を取り出し、ネスの剣帯の金具を補強する。

「……勘弁しろよ」

ネスは、フィキになにもしてほしくない。

甘やかしてほしくない。

気遣いなんてしてほしくない。

こんなふうに、ネスの些細な困りごとに気付いて、手を差し伸べてほしくない。

フィキから与えられる、このぬるま湯のような優しさが、どうしても耐えられない。

礼のひとつも言えない銀種に、これ以上の苦しみを与えないでほしい。

「……ネス？」

「本当に勘弁してくれ。なにが目的かは知らないが、アンタからそういう感情を向けられるのは本当にキツイ」

他人の体温に慣れていないように、他人の優しさにも慣れていないのだ。

他人からの愛なんて、怖気が走るのだ。

気味が悪いだけなのだ。

「……次、俺にそういう感情を向けてきたら、吐く……」

いまも吐きそうなのだ。

口元に手を当て、胃の腑からこみあげてくる吐物を必死になって呑み込んでいるのだ。

ネスは、自分でも分かるほど顔から血の気を失くして、フィキを拒絶する。

「お前を好ましく思うことに他意はない。目的があってお前に愛していると言ったのではない」

「目的もなく俺のことなんか好きになんなよ……」

「俺は、お前の長所をたくさん知っているつもりだ。もちろん、欠点も知っているが、それすら含めて、そんなお前を好ましいと考えている」

「いや……、だから、俺はそれに応じるつもりはないって言ってんじゃんか……。俺がそう言ってんだから、アンタもちょっとは遠慮して自分の気持ちを控えろよ」

「応じてもらえずとも、想い続けることは自由だ」

「それ、俺のセリフなんだから、とるなよ……」

これじゃあまるで、「俺たちは両想いだけど、決して両想いの関係にはなりません」と告げ合っているようなものだ。

　そんな馬鹿馬鹿しいことあってたまるか。

「大体、アンタ、研修期間満了したら帝都に帰るんだろうが」

「もちろん、お前も連れて行く」

「………」

「お前を引き抜いて、帝都に連れて行く」

「二回も言わなくていい」

「信じられない、という顔をしていたから、もう一度言ったほうがいいのかと思った」

「呆れてんだよ。……帝都ならもっと優秀な銀種がゴロゴロしてんだろうが。俺じゃなくていいだろ」

「お前がいい」

「駄々っ子かよ……勘弁しろよ……」

　帝都の貴族のボンボンは我儘だ。

　こんなに押しが強い男、厄介でしかない。

「俺はお前のことを好ましく思っている。帝都に連れて帰りたい。いや、連れて帰る。お前をここに一人で置いていくことも、独りで戦わせるなんてことも、到底受け入れられるものではない。絶対者として、お前の恋人として、俺がお前を支えてやる。お前自らの意志で、俺と共に帝都へ行こうと心を決められるよう、残りの十六日、誠心誠意お前に尽くそう。お前の心を預けるに能う唯一絶対の存在であることを証明しよう。……ということは、やはり俺はお前のことが好きで、愛したいと思っているということだな」

フィキはネスの両肩に手を置き、矢継ぎ早に想いを告げる。

自分で喋りながら、自分の感情の再確認もしたようで、フィキは自分の言葉に強く頷き、「俺はお前が好きだ」と自己完結した結果、導き出した自分の感情を率直にネスに伝えてくる。

この男、本当に恋愛が下手だ。

情緒もへったくれもないし、脳内でどういうふうになってそういう結論に達したのか、ネスにはちっとも分からない。

「ネス」

「ちょ……迫ってくんな。顔面が男前でうるさい……、至近距離になるな」

急に押せ押せでこられても困る。

この男、なんでこんなに自信家で押しが強いんだ。

「お前は俺を選んだ」

「それ、は……」

「お前は、俺を、絶対者に選んだ。俺を、お前だけの特別にしたいと思った。これを自信に繋げないでどうする」

「アレは、たまたま偶発的な事故で、死にかけてて、深く考えずに、気の迷いで……反射的に契約しただけで……」

「銀種との契約に、事故や気の迷いや反射的などという言葉は存在しない」

「…………」

そのとおりだ。

フィキは銀種のことをよく理解している。

銀種は、絶対に、その場の思いつきで契約したりしない。

必ず、自分の「この人間を自分のものにしたい」という心に従って、契約する。

心がそう思わない限り、口先でいくら「アンタを絶対者にする」と宣言しても、人間は絶対者になれない。死んだ銀種に口づけしても生き返らないから、それで証明できる。

でも、死んだ銀種に口づけて、銀種が生き返ったなら……。

つまり、それは、銀種が、特定の一人の人間を自分の特別な人間だと心から認めたという証だ。自分が信頼を寄せ、生死を預けるに足る人間だと認めたということだ。

ネスがフィキを認めて、自分の絶対者としてフィキを欲したということだ。

心の底から、嘘偽りなく信頼を寄せて、契約を結んだということだ。

だが、ネスは嘘をつく。

自分の気持ちに、嘘をつく。

この期に及んで、まだ、己の心を偽る。

「それでも、いま、俺の心は……感情は、アンタを拒んでる。そんな俺を帝都へ連れて行くのは間違いだ」

「嘘はよくない」

「うるせぇ。俺の心をアンタが決めるな」

「お前は自分に嘘をつくな。お前は俺を選んで絶対者にした。それが事実で、お前の本能で、お前の素直な心だ」

「…………」

「契約の時、お前は心のどこかで俺を求めて、俺を信じて、お前の生死を俺に委ねていいと思ったんだ。……確かに、出会った頃のお前の戦い方は眉を顰めるものだったが、近頃のお前は、俺の作戦指示にも従ってくれるし、俺の話を聞いてくれる」

「聞き流してるだけだ」

「話をはぐらかそうとするな」

「…………」

「お前の仲間思いなところや優しい性格をとても好ましいと思っている。不器用な性格も可愛いと思っている」

「う、お……」

フィキに抱きしめられる。

狼狽えて、声が出る。

耳元で、「俺はお前のことを可愛いと思っている」と追い打ちをかけられる。

凝固するネスに、フィキはさらに畳みかけるように、「そもそも、契約で俺を選んだ時点で、もしかして俺たちは両想いだったんじゃないか?」と核心を突いてくる。

最初から、フィキも、ネスも、互いに惚れていたなら、出会った初日に契約したのも頷ける。

お互いが自分の感情に気付いていなかっただけで、それならそれで、出会った初日に「こいつと契約を結びたい」と望んだことも、なんらおかしくない。

「考えてみろ。出会った初日にお互いに惚れて契約したと考えれば、……まぁつまり、出会った初日に意気投合して結婚したようなものだ」

「し、してない……してない……ちがう」

「俺たちは両想いだ」

「……だ、から……、っ」

明らかに及び腰のネスを、フィキが追い詰める。

災種と戦って死ぬより、こっちのほうが苦しい。

こんな思いをするくらいなら、いっそ死にたい。

死ぬほうがこわくない。

愛情を向けられるのは、こわい。

この世で、ネスから一番縁遠いものだ。

心にも、肌にも、人生にも馴染みのないものだ。

ネスには一生必要のないものだ。

「銀種は勇気ある生き物なんだろう？　なら、俺に愛される勇気を持て」

「……フィキ」

一方的に抱きしめられたまま、ネスはフィキの名を呼ぶ。

抱きしめられるのがいやなら、フィキの背に腕を回して、軍服を掴んで、引き剥がせばいい。

でも、それすらできない。

フィキに触れることすら、いまはこわい。

いままで、ネスは、自分に好意を寄せる生き物を見たことがなかった。

それと同時に、ネスが好意を寄せる生き物に出会ったこともなかった。

好きな男には、触れられない。

どうすればいいのか分からない。

だからネスは、両腕をだらりと落としたまま、フィキの肩越しに殺風景な部屋を見て、こう言う。

「帝都へ来てほしいって言うなら行ってやる。でも、銀種と絶対者が、絶対に恋仲になる必要はない。体の関係は、……任務の一環だと割り切って相手をする。だから、この関係に、わざわざ恋だの愛だのを持ち込むな。俺は……誰かに愛してもらおうなんて思わない。……俺は、アンタに愛されなくていい。……アンタも、俺を愛さなくていいんだよ」

愛さなくても、傍にいてやるから。

命を賭けて戦ってやるから。

愛に生きるなんて愚かなことだけはさせないでくれ。

愛が枯れた時に、恋から目が醒めた時に、ネスは死にたくても死ねないのだから……。

＊

北の森林地帯で、瘴気を吐く災種が発見された。

動ける銀種が総出で山狩りをして、災種討伐を行った。

銀種が総出で狩るのだ。そう困難な任務にはならないと予測されたが、銀種のなかから死者が出ることが前提での戦闘であることもまた確かだった。

瘴気に耐久性のあるネスが、災種の頭を潰す役割を担った。

作戦は簡単だ。分隊で災種の包囲網を作って、災種を包囲網の内側に閉じ込める。二足歩行の災種の膝、腱、筋を剣で断ち、跪かせて動きを止め、呼吸器系を破壊して瘴気を封じてから頭を潰す。

その作戦は順調に進んだ。

「ネス！　いま！」

別の分隊の銀種と護衛官が、災種の背後から肺のあたりを剣で貫く。

吐き損ねた瘴気を燻《くすぶ》らせて、災種が暴れる。

ネスは地面に膝をついた災種の懐に潜り込み、その細長い枯れ枝のような首と肩を繋ぐ筋肉を剣で断つ。災種の首がだらりと前へ垂れ落ち、まるで、ネスに頭を垂れるように俯き、上半身だけをぐにゃりと曲げて地面に額《ぬか》づく。

ネスは剣を持つのとは反対の手で災種の頭部に触れた。

「……ネス！」

ライカリが叫んだ。

「…………」

災種の頭を潰そうとした瞬間、ネスは自分の手が砕けるのを見た。

銀色の結晶になって、砕けた。

耐用年数。

その言葉がネスの脳裏を過った。

次の瞬間、殺し損ねた災種が腕を振り上げ、ネスの頭に振り下ろした。

フィキが庇った。

フィキの背に、災種の腕が振り下ろされる。

「こ、の……っ！」

ライカリがネスの代わりに災種の頭を潰す。

どす黒い血と脳髄をこぼして、災種が息絶える。

「………」

ネスは地面に尻餅をついたまま、自分に覆いかぶさるフィキを見下ろす。

フィキの軍服が鮮血に染まり、裂けた布地の向こうに、肉と骨が見え隠れする。

ネスは、その傷を塞ごうとして、止血をしようとして、フィキに触れようとして、自分の右手がほとんど残っていないことに気付いた。

薬指の付け根と、そこに繋がる骨や手の甲の一部だけを残して、ほかの部品が無くなっていた。

出血はない。傷口の断面は、銀色をした魚の鱗のようなもので覆われている。その銀色の鱗が皮膚の表面を這うように増殖し、宝石同士を触れ合わせたような硬質な音を立てて消失した部分を補うように手の形を象り、人間の手と同じ皮膚の色になる。

治癒を始めている。

だが、その治癒がとても遅かった。

通常、健康な銀種ならば、鱗が視認できるほどゆっくりと治癒することはない。鱗と鱗が触れ合う音が聞こえるほど緩慢な賦活能力ではなく、音もなにも聞こえずに、完治させる。

耐用年数の限界。

ネスは口端で笑った。

銀種は、限界を迎えると死ぬ。

本当に死ぬ。

本当に死んだら、もう生き返らない。

死ぬ時は死体も残らない。銀だけが残る。

まず、感覚を失う。

次に、負傷した際の自己修復が遅くなる。皮膚が薄い銀色の鱗に覆われるのを視認できるようになり、宝石のような音を聞くことができる。この段階なら、銀になって砕けた部分も修復可能だ。

末期には、修復できないようになる。肉も骨も血液も銀のように硬質化する。銀化という症状で、末端から砕け始め、それが全身に及んで、欠片になって、最期は銀だけが残って終わる。

「……フィキ、生きてるか」

「…………」

「フィキ」

「……あぁ」

　随分と遅れて、フィキから返事があった。

「フィキ、もうちょっと死ぬなよ」

「……ネス」

「なんだ？」

「お前、……だ、ぃじょうぶ、か……？」

「……うん、大丈夫」

「そうか……よか、った」

　フィキは笑うが、その形の良い唇と鼻から鮮血が溢れる。

「………」

　助からないだろうな……、ネスはそう思った。

　だから人間はいやだ。

　ちょっとしたことで死ぬ。些細なことで自分が死ぬと分かっているのに……、たったひとつきりの命しかないのに……、好きな者のために命懸けになって死ぬ。

　……じゃあ、もう、しょうがない。

　命懸けでこられたら、同じもので応じるしかない。

「ネス！　だめだ！　死んじゃう！」

ライカリが叫ぶ。

でも、どうしようもない。

これしか、フィキの気持ちに応えてやる術《すべ》がない。

「……フィキ」

名前を呼んで、右の肘の内側と左手でフィキの体を抱き起こす。

血まみれのフィキの顎先を持ち上げて、口づける。

絶対者から銀種への口づけは、死んだ銀種を生き返らせる。

銀種から絶対者への口づけは、絶対者が負った傷を銀種に移動させる。

絶対者が死んでしまったあとでは手遅れ。

絶対者が生きている時にしかできない。

生きてさえいれば、まるで銀種が生き返った時のように、絶対者を健康な状態に戻すことができる。銀種が絶対者に与えられる特別な恩恵だ。

でも、たった一回きりの命しかない人間を助けるのだ。

銀種が一度死ぬのとは、命の重みが違うのだろう。

「……っ」

フィキの出血が止まるのと同時に、ネスの右腕が砕けて落ちた。

右腕で支えていたフィキの体が斜めに傾《かし》ぐ。

フィキに気を取られた一瞬で、右腕から右肩まで銀化し、砕ける。そこから先は、止《と》め処《ど》を知らぬように、ネスの軍服の襟元から覗く首筋に灰色がかった銀の鱗が浮かび、右の頬を侵食し、右目を銀色の宝石に変える。虹色や玉虫色の光沢のある眼球が、宝石のように輝き、薄氷が割れる瞬間のように音を立ててヒビが入り、砕ける。

銀化した部分は神経も死ぬから、痛みはない。

こうなっても、銀種は死なない。

これくらいでは、まだ死なない。

部分銀化と呼ばれる程度で、全銀化するまでは、生きていられる。

その証拠に、たったいま砕け落ちた眼球や右半身が、宝石同士をすり合わせたような音を立てて元通りにネスの体を修復していく。戻っていく時のほうが痛い。神経も生き返るから、筋肉や、骨や、血管が作られていく時のほうが痛む。

これから、ネスが本当に死ぬ日まで、怪我を負うたびにこうなる。

そうして、だんだん治癒に時間がかかるようになって、賦活能力が衰えてきて、最後は自分で自分を治せなくなって、死ぬ。

銀種が死んで生き返るまでの時間に個人差があるように、これにも個体差がある。

銀化が始まってからも何年も生きた銀種もいるし、たった数ヵ月や数日で死んでしまった銀種もいる。

全銀化して完全に死んでしまえば、絶対者の口づけでも生き返ることはない。

「…………」

背中が痛い。

肺に穴が開いているのかして、息ができない。

背骨も折れている。

頸椎《けいつい》のどこかも損傷してしまったようで、下肢が脱力して感覚がない。

感覚がないことさえ分からないのに、修復されていくたびに体のあちこちに激痛が走って、脳が悲鳴を上げて、意識が遠のき、また痛みで意識が戻り……完全に修復するまでそれを繰り返す。

これは、ネスを庇って負ったフィキの怪我だ。

ネスが引き受けたものだ。

フィキはこんな痛い思いをして、苦しい思いをして、死に際に至ってもなおネスの安否を気遣ってくれた。

これがフィキの痛みなのだと思うと、なぜだか、愛しい。

好きな男の代わりに死ねるなら、うれしい。

このまま一生目を開くことがなくても、後悔はない。

ネスの体はゆるやかに自己治癒を進めているが、おそらくは間に合わないだろう。

治る速さよりも、死ぬ速さのほうが速いだろう。

「フィキ、とっとと生き返らせろ、アンタと一緒に生きてやる」

ネスはフィキの髪を撫でて、目を閉じた。

＊

ネスは、死という概念をきちんと理解しているし、何度も死を経験している。

なのに、久しぶりに死んで、ちょっと狼狽えた。

いつもよりも恐ろしいと感じた。

死ぬ瞬間に、「あー、この感覚……しぬ……」と漠然とこわがりながら、死んだ。

死ぬすこし前、自分は銀種なのだと改めて自覚した。

その時の絶望たるや。

乾いた笑いも出ない。

何度死んでも、死ぬ瞬間はこわい。

これまでに経験したありとあらゆる絶望が走馬灯のように駆け巡り、生き返った時にも味わった絶望を思い出しながら、絶望のうちに死ぬ。

死に際に想うのは、いつも同じことだ。

傍に寄り添ってほしい、名前を呼んでほしい、優しく看取ってほしい、痛みを失くしてほしい、助けてほしい、救ってほしい、守ってほしい、手を繋いでほしい、抱きしめてほしい。

叶うなら、目を醒ました時に取り乱さないように傍にいてほしい。

自分が生き返るまでの間、自分が死んでいる間、誰かに乱暴されたり、死体のまま勝手に売られて目が醒めた時に自分の知らない場所にいたり、見世物小屋で見世物にされていたり、……そういうことがないようにしてほしい。

誰にも見つからないように山奥で死んで隠れていたのに、動物に見つけられて何度も喰われていて、生き返った時には三年も経っていた、……なんてことはもういやだ。

自分が何回死んで、何回生き返ったのか。

それすらあやふやで、自分が死んだ回数も知らない。

頭も、心も、体も、何度も何度も生きて死んでを繰り返すうちに、壊れていく。

銀種は人間じゃない。でも、心がある。自分が壊れていくことをこわいと思うし、自分が壊れていく自覚もある。自分が傷つけられることに脅えて、自分が経験してきた絶望に心がすこしずつ壊されていく恐怖を抱えながら、今日も、生きて、死ぬ。

壊れていくのはいやだ。

そうじゃなきゃ、誰が軍になんか入るものか。

銀種はみんな、野良でいるよりはまだマシだからここにいるだけだ。

路傍で野垂れ死ぬよりマシだから、いるだけだ。

壊れたくないから、自分を守るための選択肢として軍に所属しているだけだ。

強制的に軍に入れられた者が大多数とはいえ、脱走の機会がいくらあっても誰もそうしないのは、自分が死んだあとに、自分の体をどうされるか分からない恐怖があるからだ。

生き返った時に、自分の体を汚している精液や、体の中に残る他人の汚物や異物、死んでいる間に抜かれた自分の歯で窒息して、生き返るなり死ぬなんて苦痛はもういやだ。

自分が自分の知らぬうちに壊れていく現実なんて、もう二度と味わいたくない。

絶対にいやだ。

それさえ回避できれば、あとはどうでもよかった。

生きてる意味も、死ぬ意味も、人生の楽しみも、生き甲斐も、なにもなくてよかった。

恋も愛も夢のまた夢で、知らなくてよかった。

どうせ、災種も、人間も、銀種も、いずれは死ぬ生き物なのだから、どうでもよかった。

絶対になにがなんでも目的意識を持って生きる必要はない。

そう思っていた。

そう思っていたのに……。

いま、ネスはこう思う。

生き返った時に、最初に見るのはフィキの瞳がいい。

あの孔雀色の瞳がいい。

あの目は好きだ。

いつもずっと視線がうるさいくらいちゃんとネスのことだけを見てくれる。

最初に聞くのはフィキの声がいい。

ネスを呼ぶ声は優しくて、低くて耳に心地好く、喋ると「こいつ本気で恋愛が不器用だな……」と呆れてしまうけれど、実直な人柄が窺えるその話し声は聴いていて飽きない。

最初に触れるのはフィキの手であってほしい。

あの手は、ネスを傷つけない。いつもネスを抱きしめる。ネスを庇う。ネスのために靴紐を結んでくれる。ネスの髪に櫛を入れて、ネスが軍服を着るのを手伝ってくれる。

そして、あの大きな手は、ネスを宝石のように大事に抱く。

職務の一環としてではなく、愛を伝える手段として、ネスの肌に触れ、乱れさせる。

目が醒める時は、できればフィキの傍がいい。

薄暗くて湿気た安置室はいやだ。

フィキの傍がいい。

安置室で目覚めるほうがまだマシだと思って軍に入ったのに、安置室はいやだと思っている自分がいる。

フィキの傍がいいと駄々を捏《こ》ねる自分がいる。

今日、死ぬ瞬間に、そんな我儘をたくさん思い描いて、フィキのことをいっぱい考えていたら、こわさは一瞬で消えた。

これも知っている。

銀化の進んだ銀種は、心も、感情も死んでいく。

だから、こわさも感じなくなる。

でも、今日は、いつもより死ぬことが恐ろしいと感じた。

なのに、死ぬ瞬間には満足だった。

フィキの髪を撫でているうちに、その孔雀色の瞳を見つめているうちに、穏やかに死ねた。

心が、感覚が、感情が、もう、めちゃくちゃだった。

こうして自分はとりとめもなく壊れていくんだとネスは思った。

「……ネス！　ネス‼」

「…………」

フィキの声が聞こえる。

ネスは、重い瞼をゆっくりと持ち上げる。

あぁ、生きてるな、と思う。

全身が思うように動かせない。

でも、幸せだった。

目を醒ました時に、目の前にフィキがいた。

ネスの唇にフィキのそれが触れていて、きれいな孔雀色の瞳がネスを見ていて、それがすこし遠ざかって、唇が離れて、……最高の目覚め方だと思った。

フィキがネスの傍にいて、ネスを抱きしめている。

何度も、何度も、ネスの名前を呼んでくれている。

「……フィキ」

ネスが名前を呼び返して応えると、眉根を寄せて険しい顔をしていたフィキが、表情はそのまま、孔雀色を潤ませた。

ネスを案じる気持ちと、ネスが返事をした喜びで、フィキの感情も混乱しているらしい。

こいつでもそんなふうに感情がぐちゃぐちゃになるんだな……と、ネスは面白かった。

人間も、銀種も、同じように感情が掻き乱されるんだと思うと、笑えた。

「それは、どういう感情で笑っているんだ」

「アンタも、そんなぐちゃぐちゃの感情になるんだな……って思った」

「当たり前だ。好きな奴の言動で一喜一憂するのが恋だの愛だのだろうが」

「……ごめんな」

ネスは重い腕を持ち上げ、フィキの頬に触れる。

「お前に死なれて、置いていかれる時の俺の気持ちが分かったか？」

「……ん」

ネスは薄く笑って頷いた。

「俺は、いつもお前が消えはしないかと気が気でなかった」

「うん、ごめんな……」

きっと、フィキは、毎回こんな気持ちだったのだろう。

ネスが死ぬたび、「前回は幸いなことに生き返ったが、今回は銀化して、この世界から、俺の前からいなくなってしまうんじゃないか」と恐れていたに違いない。

失う側の立場になって、ネスは初めて知った。

死ぬより、死なれるほうがつらい。

こんな想いをするくらいなら、いっそ自分が死にたい。

ネスは、フィキを失いそうになった時、そう思った。

フィキも、ネスにそう思ってくれていた。

ネスの死に対して、こんなふうに思ってくれる人がいた。

目の前に、自分の無茶を叱ってくれる人がいる。

大切に思ってくれる人がいる。

命を賭けてくれる人がいる。

ひとつきりしかない命を失ってもいいと思ってくれる人がいる。

そんなにもすごい勇気を持った男が、目の前にいる。

あぁ、やっぱり……こいつ、俺の物にしたいなぁ。

ネスは、笑った。

そうだ、最初から、出会ったその日から、フィキは一瞬の躊躇もなくネスの盾になった。

自分が傷つくことを恐れなかった。

だから、フィキを選んだのだ。

「なぁ、フィキ……」

「どうした？」

「アンタ、俺の物になるか？」

「もうお前の物だ」

「そっか」

じゃあ、この男はもう俺の物だ。

孔雀色の宝石みたいな目をした男。

ネスだけの宝物。

生れて初めて、自分だけの特別なものを手に入れた。

ネスは、それが嬉しかった。

【4】

九十日の研修期間が終了した。

本当のところ、フィキのそれは研修期間ではなかったらしい。

研修期間と銘打った九十日間で、自分だけの銀種を見つけ出して契約するために、フィキはこの第十七特殊戦術小隊に来たらしい。

ただ、その事情が入り組んでいて、フィキやバルビゲルから説明を受けた時、ネスはすくなからず驚いた。

フィキは左遷されて都落ちしたものだと思っていたから、「自分の知らない上のほうの世界では、なにを計画するにしても、ややこしい手続きやら段階を踏まないと配属先のひとつも変更できないんだなぁ……」と、その煩わしさに辟易した。

フィキは、確かに、帝都から左遷されてきた。

だが、それは、とある計画を遂行するために打った芝居らしい。

フィキは故意に小さな失態を起こし、上官命令で左遷された、という筋書きのとおりに行動しただけらしい。わざわざ形式上の手続きまで行い、帝都の一部の軍人には本当の左遷なのだと信じ込ませた。

フィキと、帝都にいるフィキの上司、及びその賛同者は、ある計画を進行中なのだそうだ。

それは、銀種の立場を向上させる、という計画だ。

最初、難しい言葉の羅列で説明されたが、ネスには、その計画の壮大さも、目的意識の高さも、計画達成までの難易度も、その計画がどれほど恐ろしいことかも実感が湧かなかった。

だが、現行の国家や軍にケンカを売る行為であることだけは分かった。

そこからさらにフィキが噛んで含めるようにネスに説明してくれたおかげで、もうすこし理解できた。

簡単に言うと、軍部内における銀種と人間の給与格差、銀種の昇進の妨害、必要以上の懲罰、支給品や糧秣《りょうまつ》補充および救護措置と救命措置の際の優先順位付けなどを撤廃し、軍部内で当然のように罷り通っている銀種への侮辱的な行為を禁じ、銀種の人権を守る、という軍規を追加させる目論見《もくろみ》なのだという。

それらが、計画の最初の一歩らしい。

最終的には、この国の法律を変えるらしい。

この国は、政治家よりも軍人のほうが力が強く、権力も集中している。

現状、銀種が生まれれば、希少種の保護という名目で、国家が親から赤子の銀種を取り上げて軍人にする。養育施設で育て、軍学校に放り込み、戦闘の知識を叩き込み、最低限にも足りない教育を与え、最終的に、自分の名前すら書けなくても、災種と戦う能力さえあれば卒業させて、十代前半から実戦投入し、災種と戦わせる。

この制度も廃止させるらしい。

そして、実の親や、不特定多数の人間に虐げられている銀種は、国が保護する。もちろん、災種と戦わせるために保護するのではなく、人間の孤児と同じように、慈しみ、育み、銀種の子供が子供らしい人生を楽しみ、趣味を見つけ、やりたいことをできるように、学びたいことを学べるように、自分の将来を自分で決められるようにするらしい。

でも、そんなことをすれば、災種と戦う銀種の数が減る。

だから、人間が災種を殺す方法の研究や、人間でも災種を殺せる武器の開発を進める法案も成立させるらしい。現状、その研究の規模はとても小さい。なぜなら、銀種がいるからだ。銀種という生きた兵器があれば、わざわざ国家予算から莫大な研究費や開発費を捻出する必要がない。

「開発を進めれば、わりとモノになりそうな研究はあるんだぞ」

バルビゲルがそう言った。

バルビゲルも、フィキやその上司が計画する法改正に賛同している者の一人らしい。

これが一番驚いた。

バルビゲルは、胡散臭い髭面のいけ好かない事なかれ主義で、特定の主義主張や信念に基づいて生きるような男だとは到底思えなかったから、純粋に驚いた。

「うちの小隊に異様にデキのいい銀種ばっかりそろってんの、おかしいだろ？」

バルビゲルは熊のような顔で、得意げに片眉を持ち上げた。

「帝都に近いこの森林地帯が防衛の要衝《ようしょう》だからだと思ってた」

「それもある。それもあるけどな。それにかこつけて、選りすぐりの銀種集めて、見繕ってたんだよ。帝都に戻る少佐殿に協力してくれそうな銀種をな」

その選りすぐりの銀種の第一候補として、バルビゲルはネスを推した。

ネスが一番、口が堅くて、信念があって、筋が通っていて、腕が立つからだ。

そしてなにより、心が強いからだ。

「まぁ、お前はほんと頑固過ぎて、少佐殿に推薦したのは間違いだったかもしれんと何度も思ったがな……」

バルビゲルは口元の髭を撫でて豪快に笑った。

「オッサン、食えねぇオッサンだな……」

「褒めてんのか？」

「褒めてねぇよ。……それで、アンタらのご大層な計画とやらは理解したが、なんでアンタら人間の計画に銀種が必要なんだよ」

「そりゃぁお前……お前たちの将来を決めるのに、お前たちが誰も参加してないってのはおかしいだろ」

「あぁ、そっか……」

鳩が豆鉄砲を食ったような表情をしてしまった。

そう言われればそうなのだろうが、そういう物の見方をしたことがなかったから、ネスは
「賢い奴らの考えることって独特だな」と感心した。

でも、もし、これから先の未来、そういう考えを持つ者が増えていくなら、銀種はすこし生きていきやすくなるのかもしれない。

「ネス、お前は人の言うことは全然きかないし、上官命令無視は当たり前のようにするし、懲罰房の常連だが、仲間思いだ。命張って仲間を守る。そういう奴がこの計画に入ってたほうが、ほかの銀種も協力してくれると思わないか？」

「楽観的だな。言っとくけど、俺ら銀種は、アンタら人間が思ってるよりもアンタら人間のこと嫌いだからな？」

「知ってるさ。災種よりマシって程度にしか思われてないことも分かってる」

「いまさら……」

「こんなことやりだして、虫のいい話だってのも承知の上だ。それでも、少佐殿がやるって言ってんだから、まぁ、やるしかねぇんだよ」

「……フィキが中心なのか？」

「発起人は少佐殿だ。計画の性質上、もう四つか五つほど少佐殿より階級が上の方が代表って

ことになってるけどな。……まぁ、具体的なとこはぜんぶ少佐殿の采配だ」

「……ふぅん」

「そういうわけで、これから少佐殿の身辺には危険が増える。そういう意味でも、少佐殿はご自分の傍には信頼できる銀種を置いておきたかったんだよ」

「自分の盾にするために？」

「……ネス」

「分かってる。フィキはそういうことをする男じゃない。単純に、自分と同じくらいの価値観と物理的な強さを持ってる銀種がほしかったんだろ」

「……お前と少佐殿じゃあまりにも正反対で、顔を合わせた初日に契約したって聞いた時は、この計画は頓挫《とんざ》したな……って天を仰いだがな」

「うっせぇよ」

「これは老婆心からの忠告だが、お前、帝都に行ったらちょっと大人しくしてろよ。その言葉遣いも気を付けろ。悪目立ちするな。ただでさえ目立つんだから……」

「……そういうことも考えないといけないのか」

「そうだな。ここから先は、なにが少佐殿の命取りになるか分からない」

「…………」

「まぁ、そう言ったところで、お前はお前だ。いまさら生き方も変えれんだろうし、好きに生きろ。お前がどれだけ暴れて好き放題しても少佐殿が上手くしてくださるだろう。帝都へ行ったら、少佐殿にしっかり躾けてもらえ」

「俺は犬かよ」

「犬はいいぞ。忠義心の塊だ。主人だと認めたら、どこまでも付いて行く。……ま、そんなわけで、お前、どうする？　まぁ、どうするっつっても、そう選択肢はないんだが……」

「そりゃまぁ、付いてくしかないだろ」

バルビゲルの曖昧な問いかけに、ネスも曖昧に答えた。

ネスは、フィキに付いて行ってやることにした。

砦でネスがすべきことを済ませてから、フィキとともに帝都へ入った。

フィキとその賛同者が推し進める計画のこれからや、二人の今後についてよく話し合ったわけではないが、フィキが、ただひと言「俺と一緒に来い」と言ったから、ネスは頷いた。

＊

帝都に来た。

何度来ても、帝都は都会だ。

「ネス、お前、帝都は初めてじゃないんだな？」

「軍学校時代に、王族に縁のある教官を半殺しにした時と、十七特殊戦に配属されてすぐに貴族の軍人を作戦中の不慮の事故に見せかけて殺そうとして査問会議にかけられた時に来た」

「…………」

「アンタ、俺の絶対者で苦労するぞ」

額を押さえて言葉もなく渋面を作るフィキをネスが笑い飛ばす。

「お前のもたらす苦労なんぞ可愛いものだ」

フィキはすこし前屈みになると、ごく自然な動作で隣を歩くネスの唇を奪った。

「…………」

今度はネスが言葉を失った。

周りに人がいないとはいえ、ここは帝都の軍令部、つまりは軍の本拠地だ。

そんな場所で、フィキはネスに口づけた。

「どうした？」

「……俺、死んでない」

素知らぬ顔で回廊を進むフィキの隣に並び、脇腹に肘鉄を食らわせる。

「そうだな、死んでないな」

「死んでないならするな」

「死んでなくてもお前が可愛いからするんだ」

「俺は許可してない」

「なら、次からは事後に謝罪を入れる」

フィキはしれっとそんなことを言って前を向いて歩く。

「ちょっと、待て……フィキ、速い！」

ネスは慌ててフィキを追いかけ、フィキの軍服の裾を掴む。

次の瞬間、曲がり角の向こうに人影を見つけて、今度は慌てて軍服から手を離す。

「掴んだままでいいぞ」

「いいわけないだろ。ここ、軍令部で、いちおうアンタ俺の上官だぞ。知らない奴が見たらどうすんだよ」

「上官である前に、絶対者だ。銀種と絶対者が多少いちゃつくのは許可されている」

絶対者が傍にいないと、銀種はとっても不安。

触れて、声を聴いて、熱を感じられる距離にいられたら、安心する。

だから、多少の接触は許可されている。

軍の風紀さえ乱さなければそれでいい。

銀種の心が安定していることが優先される。ただでさえ絶対者持ちの銀種は数が少ないのだ。

人間の絶対者を得た銀種は、人間に対してもいくらか同情的になり、人間に対して従順になる傾向がある。

軍は、銀種を扱いやすくするためになら、多少の飴を銀種に与えることを許可していた。鞭を振るった時に潔く死んでもらうために、飴で中毒にさせていた。

「……アンタのその無駄に甘ったるい甘やかしも、飴と鞭の飴か？」

「そう見えるなら、お前はまだ俺のことを信頼しきれていないということだな。俺の不徳だ。すまん。よりいっそうお前が俺を信じられるようお前に尽くそう」

「……いまのは、俺が悪い」

ネスは謝った。

時々、ネスの心は猜疑心を生み出す。

信じている人に、疑いを向けてしまう。

フィキを試してしまう。

それは、ネスの悪いところだ。

「ネス」

「……？」

手を繋がれた。

白手袋越しの手だけれど、フィキの体温がある。

単純なネスは、ただそれだけで自分の心が弾むのを感じる。

毎日、毎日、すこしずつ、フィキといるだけで、自分の心に嘘をつけなくなって、そのうら、この心の喜びすら表情に出してしまいそうで、いまはそれがこわい。

怒りや憎しみといった負の感情以外、自分の気持ちを表に出したことがないから、自分のなかで芽生える喜びや嬉しさ、幸せといったものが溢れるのを処理できない。

石造りの床に、ネスとフィキの軍靴の音が響く。

庭に面した回廊を、フィキと手を繋いで歩く。

庭の木々や、冬の木漏れ日は、悪くない。

ネス一人の時は、そんなものに心動かされることはなかった。

ただそこに木が生い茂っていて、太陽がある。生い茂った木は視界を遮る障害物で、災種の発見が遅れるから邪魔。木漏れ日は、空を仰いだ時に目眩《めくら》ましを食らったようになり、災種の襲撃に遭った時に対処が遅れるから嫌い。そんなふうにしか考えていなかった。

いまは、頬を撫ぜる冬の冷たい風すら、愛しい。

「……っ!」

進行方向を横切る回廊の突き当たりで扉が開き、そこから軍人の集団が出てきた。

その扉の向こうで会議をしていたらしい。

彼らは、フィキとネスの姿を認めると、雑談も歩みも止めて、じっとこちらを見てきた。

ネスは咄嗟にフィキの背後に隠れる。

「……フィキ」

「大丈夫だ」

「………人間、いっぱいいて気持ち悪い」

フィキは大丈夫だと言うが、ネスは生唾を呑んでやり過ごす。

「森の奥深くでひっそり生きてきたお姫様みたいだな……」

フィキはネスをそう喩え、繋いでいた手をもっと強く握る。

今日、ネスは帝都に入ったばかりだ。

見慣れない都会、肌に馴染みのない喧噪、大勢の人間が住む市街地、十七特殊戦よりも大規模な軍隊、そこに詰めている大勢の軍人、即ち大勢の人間。それらのせいで、ネスの警戒心は最高潮に達していた。

ネスは災種と対峙している時よりも気を張り詰めさせ、緊張している。それはフィキからも見てとれた。

なにせ、ネスはずっとフィキの傍から離れない。

馬車に乗って軍令部まで移動する間も、馬車を下りてこの回廊を歩いている時も、可哀想なくらい脅えていて、フィキの後ろを一所懸命ついてきて、可愛い。

フィキの傍にいれば絶対に安心だと言わんばかりに、「フィキ、フィキ」と心細げにフィキの名前を呼ぶ。人影が見えれば慌ててフィキの軍服の裾を掴み、フィキの背中に隠れ、フィキが手を繋ぐだけであからさまに安堵の表情を浮かべる。

軍に所属する人間の多くが、銀種を武器としか見ていない。フィキは、そんな場所にネスを連れて来たくはなかったが、今日だけは仕方がなかった。

ネスの赴任初日だ。

本人が行う必要のあるいくつかの手続きと、着任の挨拶をすべき上官がいる。

「……フィキ」

ネスはフィキの手を強く握り、「さっきの奴ら、まだいるか？」と耳打ちする。

「あぁ、まだいる」

「俺のこと見てるのか？　それとも、アンタのこと見てるのか？」

「両方だな。俺とお前を見てるんだ。俺が左遷先から銀種を連れて戻ったことはもう噂になってるからな」

「……気持ち悪い。早く帰りたい」

「分かった、早く終わらせる。……それとも、先に帰るか？　お前がすべき手続きが終わったら、先に一人で帰れるぞ」

「アンタは？」

「俺は俺で挨拶回りがある」

「じゃあそれもとっとと終わらせろ」

「分かった」

ネスは一人で行動したくないと顔を歪め、「早く帰れるようにしろ」とねだる。

フィキはネスのおねだりに弱い。

フィキは「なら、早く帰るために先へ進むぞ」とネスの手を引き、歩き慣れた回廊を進んだ。

「…………」

ネスはフィキと繋いだ手だけを見て、フィキの先導に従う。

ネスは、過去に、軍規違反で何度も処罰されている。そのすべてが、仲間を助けるため、仲間の尊厳を守るための行動だが、人間の軍人が見るのは、処罰の種類だけだ。

ネスは、災種の討伐数などで叙勲されたこともあるが、それは評価されない。所詮、銀種に与える勲章などというのは、飴と鞭のうちの、小さな飴のひとつでしかなく、なんの威光もなければ、名誉としても扱ってもらえないからだ。

そのうえ、ネスは軍規違反で勲章を取り消しにされている。

それらの情報は、帝都の軍令部ではもう皆が知るところだ。

フィキがネスを連れて帝都に帰還するという噂が軍内部に出回る頃には、ネスの軍歴はすっかり調べ上げられていて、軍令部のほぼ全員が知るところだった。

こうしてフィキがネスを伴って歩いているだけでも、「左遷先でろくでもない嫁を見つけて来たな」と早速、陰口を叩かれた。

「せっかく左遷先から戻ってこられたのに、アレが嫁ではな……」

「ところで……なぜアイツは戻ってこられたんだ？　軍の備品を業者に高く見積もりとらせて、差額を横領したんだろう？」

「いや、それがな？　……なんでも、左遷の理由になったその横領っていうのが、同期に罪をなすりつけられただけで、少佐は無実だったらしい」

「……同期に罪を着せられるとは……間抜けな男だな」

「まったくもって」

「そのうえ、あんな嫁では……、アイツの出世は見込みないな」

「あぁ。ちょっと優秀だからって調子に乗りすぎたんだよ。所詮は凡百《ぼんぴゃく》に過ぎん。無能な男だ」

フィキが聞き流すのを良いことに、フィキの優秀さに嫉妬を剥き出しにした軍人どもは増長して、好き放題に悪口を言う。

ネスは、フィキから手を離した。

バルビゲルからも忠告を受けていたのに、早速やってしまった。

ネスは、醜い言葉を吐き連ねる四人の軍人の前に進むと、まず、一人目の顔面を殴った。続けて二人目の胸倉を掴んで三人目の頭にぶつけ、昏倒する三人目と、抵抗する二人目の腎臓を一発ずつ殴って床に沈め、殴りかかってきた四人目を足払いして跪かせ、蹲る男の鳩尾《みぞおち》を蹴り上げた。一番たくさんフィキを罵った四人目は、ついでに顎も外してやった。

それぞれ、廊下に鼻血や嘔吐物を吐き散らしたり、腎臓のあたりを押さえたまま身動きすらとれなかったり、外れた顎を押さえて涎《よだれ》を垂らしながら呻いたり、気絶したりしている。災種よりもずっと弱くて、肩透かしだった。

「俺の絶対者、馬鹿にしてんじゃねぇぞ」

ネスは蹲る四人を見下ろし、威嚇する。

「貴様！」

その事態を見咎めて、別の軍人がネスの肩を無遠慮に掴み、拳を振り上げた。

「触んな！」

その軍人が拳を振り下ろすより先に、ネスは顎下に肘鉄を食らわせて気絶させる。

あとは、大乱闘だ。

ネスはとても強い。

災種相手に連戦連勝してきた強者《つわもの》だ。

人間なんぞは赤子の手を捻るようなもので、ネスは呼吸どころか軍服さえ乱さなかった。

フィキは、「うちの嫁は本当に勇気があるなぁ。いま急所を蹴った男はネスよりも階級が二つも上なのになぁ……あと、私闘は禁止なんだけどなぁ……」などと暢気《のんき》に状況を眺めつつ、軍服の襟元をゆるめ、多対一のネスの助勢に入らんと一歩を踏み出した。

「貴様は助勢ではなく仲裁する立場だろうが。一緒になってケンカをしてどうする」

誰かがフィキの後ろ頭を叩いた。

ネスと同じくらい背の高い女将軍だ。

五十路《いそじ》ほどで、長い髪をひとつにまとめていて、しゃんと伸ばした背筋が美しい。

背後には岩のように武骨な大男の側近を従えている。

「貴様ら！　なにをしとるか！」

女将軍が声を張った。

びりびりと腹の底に響く、よく通る怒声だった。

「………」

ネスは、髪を鷲掴《わしづか》みにして自分の目線まで引き上げていた軍人から手を離す。

本能が、「この女に逆らうな」と訴えてきたからだ。

なんかこわい。

とりあえず「ごめんなさい」って謝ろう、という気持ちになってしまう。

それは、ネスと私闘を繰り広げていた軍人たちも同じようで、皆、乱れた軍服を正し、踵《かかと》を
そろえて整列し、指先までまっすぐそろえて敬礼する。

「軍内で私闘とは良い度胸だ！」

彼女がひと声発するたびに、その場の空気が引き締まる。

ネスは階級章に詳しくないが、彼女の襟元や胸元、袖口を飾るそれらから、この場で彼女が

最も位が高いことくらいは察しがついた。

「大佐」

「はっ」

女将軍の背後に控えていた大男が、「貴様ら！　所属と階級と氏名！」と発すると、ネスとケンカしていた軍人たちが、次々と所属と階級と氏名を名乗る。

当然、流れ作業で、ネスも所属と階級と氏名を名乗る。

大男はそれぞれの怪我の状態やケンカに至った状況等を聞き取り、将軍へ報告する。

「全員三十時間の謹慎！　該当期間の俸禄《ほうろく》停止！　各々の所属長へはこちらから通達のうえ、謹慎解除ののち譴責《けんせき》処分！　以上！　解散！」

将軍の号令で、蜘蛛《くも》の子を散らすように軍人どもが解散する。

「…………」

ネスは、そっとフィキの傍に近寄った。

「見せてみろ」

フィキが当たり前のようにネスの鼻に触れて、鼻血を拭う。

「もう止まってる」

「そうか？」

「あぁ」

「男前だぞ」

ネスの血で白手袋を汚したフィキが、ネスを褒める。

そうして自分の絶対者から褒められるのは、悪い気がしない。

「そこの二人！　いちゃいちゃするな！」

「……っ」

忘れてた。

自分とフィキだけじゃなかった。

ネスは慌てて姿勢を正す。

「言っておくが、貴様も謹慎だぞ！　銀種！」

「……は」

ネスは反射的に踵を合わせる。

「まったく、着任早々で謹慎処分を受けるな！　フィキ少佐！　貴様の銀種で、貴様の部下だ！　しっかりと躾けろ！」

「は、申し訳ありません」

フィキはネスを背後に庇い、頭を下げる。

「まぁいい！　フィキ！　威勢の良い嫁をつれてきたな！　いまのケンカを見たか⁉　貴様の銀種は、己よりも図体のデカい男ばかりを相手に立ち向かい、勝ちおったぞ！　見上げた根性と勇気だ！」

将軍は親しげにフィキの肩に腕を回し、快活に笑う。

「お褒めにあずかり。……しかし、閣下がなぜこちらへ？」

「お前が戻ったと聞いてな。顔を見にきた。帝都へ戻ったら先に顔を見せろと言っただろうが。まったく、お前がおらなんだら帝都はつまらん！」

将軍とフィキは昵懇《じっこん》の仲なのか、周りの目がなくなると親密度が増す。

将軍の側近である大男もフィキとは旧知の間柄らしく、「無事の帰還、なによりだ」と優しげな雰囲気でフィキに声をかけている。

フィキとあの将軍たちは同じ派閥なのかもしれない。計画にも協力しているのかもしれない。だが、いままで権力闘争と無縁で生きてきたネスには派閥など分からない。あまりにも三人が親しげだから、なぜだか疎外されたような気持ちになって、拗《す》ねてしまいそうになる。

あの絶対者、俺のなのに……。

そんなふうに思ってしまう。

「フィキ、先に着任の手続きしてくる。人事局へ行けばいいんだろ？」

ネスは、油断するとすぐに顔を覗かせる奇妙な執着を捨てようと、フィキから離れようとした。

「まぁ待て、銀種。……ほら、フィキ、早く紹介しろ」

将軍はネスを呼び止め、フィキをせっついた。

「……ネス、ちょっといいか？」

「なんだ」

フィキに手招かれ、たったいま離れたばかりの数歩をもとの位置まで戻る。

「母と、父だ。……父上、母上、こちらが自分の銀種、ネスです」

将軍と大男。ネス。三者の間に立ち、フィキはそれぞれを紹介する。

「……ははと、ちち……」

ネスはフィキの言葉を繰り返す。

「そうだ」

「はー……」

自分の知り合いの親、……という存在を初めて見た。

感嘆の声しか出てこない。

血の繋がった存在が、ネスの目の前に三人もいる。

「……すげーな、アンタ……、おとうさんとおかあさんいるのか……。親子の会話って初めて聞いたわ。そんな感じなんだな」

ネスは感動して、口を開けて将軍と大男を眺めた。

「いや、うちは特殊だ」

親子三人が声をそろえて笑う。

その笑い方がそっくりで「親子ってすげぇな」とネスはまた感動する。

ネスはひとしきり感動してから「じゃあ、三ヵ月ぶりの親子の対面だろ」と気を利かせて、やっぱり自分一人で人事局へ向かうことにした。

「なにを言うか、そなた、我が息子の嫁だろう？　ならばそなたも我が息子だ。嫁入り初日だからといって遠慮は無用。さぁ、ともに食事をするぞ」

将軍が口調をすこしやわらかくし、ネスの肩を抱き、引っ張っていく。

並んでみると分かるが、ネスとそんなに背丈が変わらない。

将軍の背後に立つ大男と目が合ったので「人事局は？　手続きは？　えらいさんへの挨拶は？　アンタ、将軍はこう言ってるけどこれでいいのか？」とネスが視線で問いかける。

「肉は好きか？」

武骨な大男は、岩みたいな顔をくしゃりとさせて笑った。

その笑い顔はどこか愛嬌があって、すこしフィキに似ていた。

「肉、好き……です」

ネスは頷く。

「母上、ネスをお返しください」

「うん？　あぁはいはい、分かった分かった。なにも取って食おうと言うんじゃない。嫁よ、貴様もそう脅えるな。かわいい嫁だな、まったく。うちの旦那のように可愛らしい」

将軍は、半歩後ろに付き従う大男とネスを、可愛い、という分類で囲う。

帝都の将軍様は、ちょっとクセが強いのがお好みらしい。

「………」

フィキ以外の人間に一気に距離を詰められて、ネスは借りてきた猫みたいになっていた。

将軍の腕から解放されると、ネスはフィキの隣に逃げる。

「ネス、大丈夫か？」

「……なんか、警戒する前に懐に入りこまれてた。アンタのおかあさんすごいな。熟練の兵って感じがする」

ネスはそう答えながら、前を歩く将軍と大男に付き従って、回廊を進む。

「すまん、あとで母に言っておく。お前も、触られたくない時は遠慮なく言って構わない」

「いや、まあ……うん……アンタのおかあさんだって思ったら、普通の人間よりは気にならない」

「そうか」

「うん。……なぁ、ところで、ちょいちょい帝都の奴らとアンタのおかあさんが言う嫁ってなんだ？」

ネスはふと疑問を口にした。

十七特殊戦では、あまり聞かない言葉だ。

「お前のことだ」

「……？」

「知らんのか？　昔からの軍の伝統でな、帝都では自分の銀種を見つけることを嫁探しと言って、銀種が人間と契約することを嫁入り、契約した銀種のことを嫁と呼ぶんだ」

「なんでだ？」

「さぁ、なんでだろうな？　一生モノの契約をするからじゃないか？」

フィキはネスの肩に腕を回し、笑った。

ネスはフィキの脇腹に軽く肘鉄を入れて、「冗談じゃない。俺がアンタを選んだんだ。アンタが俺に嫁入りしたんだ」と笑った。

＊

義父母との唐突の食事会は、怒涛の勢いで始まった。

フィキの実家に招かれ、薄くなくてちゃんと味のするお茶と見たことも食べたこともない茶菓子を出された。ライカリやドルミタ、サルスが食ったら喜ぶだろうな……などと十七特殊戦の仲間を想った。

食前酒を呑みながら、ネスは、フィキの父母から尋ねられたことに答え、フィキからは、「まるで一問一答形式の査問委員会みたいだな……」とその様子を評され、食事の席では、肉をたくさん食わせてもらった。

固い木の椅子しか知らないから、綿をたっぷり詰めて織布《しょくふ》を張った豪華な椅子に座った瞬間、尻が違和感だらけで落ち着かなかった。

ほかにも、見たことのない物に溢れた大邸宅に度肝を抜かれて、所在なく、大体ずっとフィキの傍にいた。この屋敷では、一人で便所に行ったらフィキのところに二度と戻ってこられないと本能が警鐘を鳴らした。

自分が貧しい育ちだとか、教養がないとか、そういう面に劣等感を抱く以前の問題だった。なにもかもが壮大過ぎて、なんの感情も抱かなかった。

とりあえず、「……え、コイツ、こんな豪勢な家で育ってんのに、小隊の砦の隙間風の吹くクッソ狭い部屋で、俺と一個の寝床を使って、ベッドから足はみ出させて寝てたのか？　文句も言わずに？　寝相の悪い俺に蹴られながら？」とフィキの忍耐力に脱帽した。

いっそ感動すらした。

そうして、初めて知るフィキの一面に感動して、屋敷の豪華さに感動して、肉と酒と茶菓子と食べた料理すべての美味《うま》さに感動して、フィキの両親の人となりに感動して、ひたすら感動しているうちに終わった。

徹頭徹尾、感動しているうちに終わってしまったが、帰り際に「また連れてこい！」と将軍がフィキの背中を叩いていたから、まぁ、これでよかったのだろう。

大男からも「腹が空いたらいつでも来い。困っていることがあれば相談に乗るからな」と名刺を渡された。

フィキの両親からは泊まっていけと言われたが、「謹慎中ですので。そもそも、母上でしょう？　三十時間の謹慎を申しつけたのは。さすがにこればかりは守らねばなりません」とフィキが辞退した。

帝都初日からネスに規則を破らせるわけにはいかないとフィキも考えたらしい。

同時に、これもまたフィキの気遣いだということはネスも勘づいていた。

知らない家で、知らない人間と、知らない誰かの作った食事を食べる。食堂には、侍女や侍従、給仕が大勢出入りして、屋敷のどこにいても常に他人の気配がある。そんな場所で一泊するのはネスの負担だと考えてくれたのだ。

「慣れろよ」

帰りの馬車の中で、フィキがそう言った。

「……こういう生活に？」

それもそうかもしれない。

帝都でフィキの傍にいるなら、こういう生活に慣れなくてはならない。

今日はフィキの両親だったが、これからは軍の付き合いで会食や宴席に出ることもあるだろう。

考えただけで憂鬱だが、しょうがない。

フィキと一緒に帝都へ行くと決めたのはネスだ。

「違う」

「違うのか？」

「俺がお前のことを慮《おもんぱか》ったり、負担のないように配慮したり、気遣うことに慣れろと言っているんだ」

「なんで」

「これから毎日ずっと永遠に死ぬまでお前は俺にそうして愛されるから」

「……恥ずかしいセリフをよくも恥ずかしげもなく」

「まぁ、無理に慣れろとは言わない。これから先ずっと一緒にいるんだ、勝手に慣れてくる」

フィキは馬車の窓へ顔を向け、等間隔に並ぶ街灯に視線を流す。

車窓に映るフィキは、「いまの口説き文句を言うタイミングは間違ってなかったはずだ」と考え込むような表情をしている。

「フィキ……アンタほんっとに恋愛下手だな」

「うるさい」

「可愛いな」

ネスはフィキの肩を抱いて、その頭を懐に招き入れ髪をぐしゃぐしゃに掻き乱した。

馬車の中。閉鎖空間。狭い場所。見知らぬ土地に来た初日。傍近く、体温の触れる距離にはフィキだけ。

ネスはいまようやく緊張の糸がほどけるのを感じた。

*

フィキは帝都に居を構えている。

先程、フィキの両親と食事をした実家を出て、軍令部まで徒歩で通える距離の一戸建てで暮らしている。

フィキが一人で暮らしているこの家も、元は実家であるエインキーレ家の持ち物らしく、前の持ち主であったフィキの祖母から譲り受けたらしい。

フィキの実家よりは随分と小ぢんまりとしていたが、それでも、ネスが長年暮らしていた小隊の砦より広くて、建物も大きく、高い壁と森のような庭があり、隣の家が見えなかった。

軍令部への出仕に便が良いので、この辺りに住む者は皆、軍の高級官僚らしい。

事前に帰宅日を連絡してあったので、使用人たちがすっかりフィキとネスを迎える準備を整えてくれていた。

　夜遅くの帰宅で、大半の使用人は寝静まっていたが、家令が出迎えてくれた。

「彼は、我が家の家政を取り仕切っている。ほかは、料理人やら侍従やらで七名が働いてくれている。家の案内は明日にして、今日は休もう。……遅くまでご苦労だったな、ここでいい。休んでくれ」

　フィキは家令を労《ねぎら》い、下がらせた。

　家令が恭《うやうや》しく頭を下げるので、ネスも会釈した。

　人間に頭を下げられたのは初めてだった。

　この家の規模的に使用人の数が七名というのは、おそらく、少ない。きっと、これも、大勢の見知らぬ人間に囲まれてネスが警戒しないようにと最低限に減らしてくれたに違いない。

　フィキの気遣いのひとつだ。

　愛ゆえだ。

　ネスは自分をそう納得させた。

「いや、こればかりは単純に、九十日間も自宅を留守にするので使用人には休暇を出したんだ。……といっても、うちは住み込みが総勢三十名程度だから、明日には全員そろうはずだ」

「…………」

「お前、俺のことになると、なんでも好意的に捉えるな。お前の傍にいると俺はまるで善人になった気分だ」

それは、ネスが、フィキに愛されることを受け入れ始めた証拠だ。

フィキの行いのすべてがネスのためだと疑いなく信じ始めている証拠だ。

フィキはそれを傍で感じて、自分が上機嫌であることを自覚する。

「さて、ここがお前の部屋だ。隣が俺の部屋になる。寝室、風呂はその向こう。とりあえず今夜はもう寝るぞ」

フィキは軍服の襟を寛げ、寝室へ直行する。

「あぁ、おやすみ」

ネスはフィキに指示されたとおり、フィキに背を向けて自分の部屋へ足を向けた。

すると、フィキが引き返してきてネスの手を取り、自分と同じ方向へ連れて行った。

「なんだよ」

「こちらのセリフだ。向こうの砦では一緒に寝ていたのに、なぜこっちに来た途端、別室だと思うんだ」

「いや、だって……俺の部屋あっちって」

「部屋があちらなだけだ。寝るのはこっちだ」

「えー……めんどくせぇ……」

「めんどくさくない。ちょっと歩くだけだ」

「俺の部屋から寝る部屋まで五十歩以上歩くじゃん」

「なら、俺の部屋と交換してやるから文句を言うな」

「アンタの部屋からでも二十歩くらいあるじゃん……なんでこんなに部屋が広いんだよ。意味わかんねぇ、使うの一人だろ？」

「狭い部屋が落ち着くなら狭い部屋を作ってやる」

「そうじゃなくて……あーもうほら、なんだこの部屋。寝るだけなのになんでこんなに空間の無駄遣いして……うわ、ベッドでか……」

ネスは寝室のベッドを見るなり歓声を上げた。

縦にも横にも広い。これなら、ベッドから足がはみ出さない。寝相が悪くてもベッドから転げ落ちない。

ベッドカバーを剥いで寝台に手をつくと、それだけで、このベッドは寝心地が良いと確信できた。絹の寝具はやわらかく、すべらかで、肌に触れても引っかかりがなく、心地好い。むしろ、寝ているうちに絹を傷めてしまいそうで、触ることすら気が引けてしまう。

これで寝ろと言われたら、落ち着かないかもしれない。

やっぱり、あの砦の固くて冷たくて寒い寝床のほうが落ち着くかもしれない。

「ネス、覚えておけ。これから先、もし万が一お前が死んだら、ここに寝かせる。目が醒める時は、ここで目を醒ます。お前の新しい寝床だ、覚えろ」

「……あぁ、そうか、そうなるんだな……」

ネスは頷いて、寝室を眺める。

寝台の天井飾りを見つめて、「どこもかしこも派手だ……」と馴染みない風景に呆気にとられる。

この風景を覚えるまでに、どれくらい時間がかかるのだろう。ここで目覚めることに慣れるまでに、どれほどの時間を要するのだろう。

「でもまぁ、たぶん、きっと……俺は、ここで目が醒めることには一生慣れないんだろうな」

「なぜだ？」

「だって、アンタは俺が死んでもその場ですぐに生き返らせるだろ？　寝室よりもアンタの腕のなかで目を醒ます機会のほうが絶対に多い」

「それもそうだな」

「……なんでちょっと嬉しい顔してんだよ」

「俺がお前をすぐに生き返らせると信じてくれている。それが嬉しい」

フィキはネスを必ず生き返らせる。ネスはそう信じている。

フィキへの信頼度の高さを、さりげなく無自覚にネスに惚気られて、フィキは嬉しい。

フィキはネスの手を取り、寝台へ座らせた。

当たり前のように、フィキの手がネスの剣帯を取り去り、軍服の襟元をその手でゆるめ、ボタンを外し、上着を脱がせる。

　上着を脱がせてもらうと、ネスはひとつ体が軽くなった気がした。

　特定の人間と、それも複数の人間と密接にかかわった経験が少ないネスは、今日は気疲れした。フィキはそれを労い、「母上がくれた三十時間の謹慎だ。体と心を慣らすのに使え」と言ってくれる。

　あの母にして、この息子ありだ。

　さすがは将軍職に就く身だ。フィキと同じように、フィキと似た優しさで、フィキがするようにネスを大事にしてくれて、ネスを気遣ってくれる。

「急に食事になってすまなかった。疲れただろう」

「どうでもいい奴の親ならメシに誘われても断るし、楽しくおしゃべりなんか死んでも無理って逃げるけど、アンタの親だって思うと一緒にメシが食えてよかったと思う」

「それならいいが……」

「アンタの両親から聞くアンタの話、面白かったしな。……もし、またこういう機会があるなら、一緒にメシが食いたい。アンタの親だって、俺みたいなケンカっぱやいのが嫁に来て不安だろうから、俺のことを知って安心してもらえるようになりたい」

　フィキにばかり歩み寄らせてはいけない。

　ネスはネスなりにフィキに歩み寄ろうとしていた。

これでも、ネスはネスなりにいろいろと考えているのだ。

自分の命の使い途や、生き方、死に方、考え方、そういうことを、見つめ直しているのだ。

「帝都へ来たからといって、お前が変わる必要はない。いままでどおりでいい」

フィキはネスの足もとに跪き、ネスの手を取る。

「当たり前だ。変わるつもりはない」

「あぁ、それでいい」

「でも、……アンタ、俺の絶対者だろ?」

「そうだ」

「だから、……なんて言ったらいいかな、……俺は自分が愛されるってことはいまだに受け入れられないし、アンタから愛してもらいたいとも思わない」

「…………」

「でも、アンタがそれをしたいっていうなら、アンタはアンタの好きにすればいいと思う」

それがいまのネスにできる最大限の譲歩だった。

ネスはネスで勝手にフィキを愛してフィキのために生きる。

フィキはフィキで勝手にネスを愛してネスのために生きる。

それで落としどころにしてほしいと願った。

それが、人間とは異なる死生観で生きる銀種にできる、……ネスにできる最大限の誠意の示し方だった。

「いまにして思えば、……俺は、簡単に生きて、簡単に死んできた。精一杯生きてきたつもりだったけど、精一杯じゃなかったかもしれない。だって、頑張ったら生き残れる状況でも、もういいやってめんどくさがって、自分から死んでた。そっちのほうが楽だから、死ぬほうを選んでた。なにかに抗ってまで精一杯生きる努力をしてこなかった。いまも、それができるかどうかは分からない。……たぶん、難しい。でも、俺は、精一杯、アンタのために生きたいと思ってる」

「ネス……」

「俺たち銀種は、何度でも生き返る。でも、俺たちには精神的支柱がない。心のよりどころがない。家族も、恋人も、親も、所属する場所もなく育ってきた。当然、故郷もない。守るものもない、捨てるものもない、帰る場所もない。自分だけを頼りに生きてきた。……だから、心が弱い」

ネスの言葉に、フィキは口を挟まず、耳を傾けてくれる。

銀種の言葉に、ネスの感情に、ネスの心に、こんなにも真摯に向き合ってくれた人間はフィキが初めてで、それだけでネスは勇気づけられた。

いまから初めて吐露する自分の心を、包み隠さずフィキに伝えられる勇気になった。

この男なら、信じられると思った。

「知ってのとおり、俺たち銀種は簡単に命を手放す。それは、そのほうが楽だからだ。痛いのを我慢して生き残るより、死んで怪我を治した状態で生き返ったほうが楽だからだ。痛みや苦しみ、悲しみ、さみしさ、ありとあらゆる負の感情。それらに心が耐えられないんだ。だから、死ぬ。……そういう時に、アンタみたいな絶対者だけが救いだ。絶対者の意味知ってるか？俺たち銀種が絶対的信頼を寄せる者って意味だ。絶対者は、俺たち銀種の絶対的な精神的支柱だ。俺たちの絶対的な心のよりどころだ。絶対に裏切らず、絶対に傍にいて、絶対に離れない存在。俺がアンタに求めるのはそういうものだ」

「…………」

「アンタなら、絶対に俺の心を明け渡してもいいと思ったから、契約したんだ。それが、俺が、アンタを選んだ意味だ」

自分の心をフィキに開示して、フィキに委ねるのはとても勇気がいる。

ネスはネスで勝手にフィキを愛しているだけだから、フィキにネスの心を伝える必要はない。ネスの感情に寄り添ってもらいたいとも思わない。

でも……。

「それでも俺は、死んで生き返った時は、最初にアンタの瞳を見たいし、アンタの声が聴きたいし、アンタの顔が見たいし、アンタの腕に抱かれていたいし……ほんとに死ぬ時は、やっぱりアンタに看取ってもらいたいと……思う……」

フィキは、ネスのために泣いてくれた。

契約しろと言ってくれた。

フィキは自分の死を厭わず、ネスを庇って傷ついてくれた。

ネスがどれだけ拒んでも、諦めずにいてくれた。

礼のひとつも満足に言えないネスに見切りをつけずにいてくれた。

想いを伝える勇気を教えてくれた。

ネスは、フィキの想いにできる限り応えたいと思う。

フィキに愛される勇気を持ちたいと思う。

勇気を出して、ネスは、ネスにできる方法で、ほんのすこしだけフィキの心に触れる。

自分が本当に死ぬ時に、傍にフィキにいてほしいから。

そのために、脅えてばかりの臆病なこの心で、特別な誰かに想いを告げて、愛し愛されることを、すこしだけ自分に許して、フィキにも許すのだ。

「フィキ、俺と契約してくれてありがとう。俺の絶対者がアンタでよかった」

ネスは、ネスの意志で、ひとつ前へ踏み出した。

＊

任務とは関係なしに、純粋に好き合っている者同士として、初めて肌を合わせる。

唇が触れる。

そのふれあいは、妙に生々しくて、やわらかくて、ネスは唇を薄く開いたままフィキのそれを享受する。

唇がきもちいい。

ゆっくりと、静かに、互いを確かめあう。

こうして唇を触れあわせているだけで夜明けを迎えてしまいそうなほど、やめられない。

ずっとこうしていたい。

唇で唇を甘噛みして、フィキがじゃれてくる。

この男は、時々、こういう仕草が可愛い。

フィキに服を脱がされ、寝床にもつれ込む。

「……どうした?」

一瞬、ネスの気が逸れたことを察して、フィキが問うてきた。

「ここ、知らない匂いばっかりで好きじゃない」

今日初めて使う寝床は、寝具もまっさらで、どこか落ち着かない。

ネスは寝台から体を起こし、自分が寝ていたところへフィキを横たえさせる。

フィキはネスのしたいようにさせてくれるから、ネスはフィキの腹に跨り、フィキを見下ろした。

「お前、本当に主導権を握られるのが嫌いだな」

「どうせあとでアンタが奪い返すだろ」

もう一度、口づけから始める。

負けん気を発揮した結果の噛みつくようなキスでもなく、自分の優位性を示すためでもないキス。なんの意味も持たない口づけ。ただ触れたいからそうするだけの口づけ。

こんな気持ちで、自分から誰かに口づける日が来るなんて想像もしていなかった。

想像もしていなかったこの未来は、甘美だ。

未経験の充足感が、ネスの心を満たす。

ネスは両手でフィキの顔を掴まえて、唇に、鼻先に、頬に、額に、瞼に、口づける。

小鳥が啄《ついば》むように、獣がじゃれるように、繰り返す。

頭を撫でて、二度、三度……と、指で髪を梳かし、鼻筋を噛んで、頬を寄せる。

ひとしきりそうしたら、また唇を落とす。

耳朶《みみたぶ》を噛み、首筋に唇を這わせ、鎖骨まで辿ると顔をすこし持ち上げて、顎先を舐めて、齧って、また唇に戻る。

ネスがそうしてフィキで遊んでいる間、フィキはフィキで好きなようにネスの体に触れる。

太腿を撫で、尻を揉み、臀部の狭間に指を滑らせ、これから繋がる場所に指を含ませる。

互いが、互いに、好きなように、好きな男を愛する。

二人で協力してひとつの行為をするのではなく、それぞれが好きな奴にしたいことをする。

たぶん、フィキは二人で一緒に気持ち良くなることをするほうが好きだ。

けれども、ネスは、まるで恋人同士のように二人で睦《むつ》み合うのはいやだ。

いやだけれども、フィキが求めてきた時に拒むのもいやだし、自分がフィキを欲しいと思う時に拒まれるのも悲しい。だから、相談の末、こうして、互いが、互いに、好きなように好きな奴を愛してやることになった。

フィキはネスの我儘をいくらでも聞き届けるから、いまはフィキの懐と愛情の深さに胡坐《あぐら》を搔くことにした。

「……ん、ぅ」

フィキのまたぐらに顔を埋め、陰茎を頬張る。

とっととこれを勃たせて、後ろに欲しかった。

男の性器をしゃぶるなんて……とは、思わなかった。それどころか、なぜ、人間の男どもが、死体だったネスの歯を抜いて口淫させるのかが分かった。歯があると、すごくやりにくいからだ。

どうせ歯も生えてくるんだし、ぜんぶ抜いたらやりやすいかもしれない。

そんなことを考えながら、フィキの陰茎を口で愛撫した。

生きている時にこれをさせられたのは数えるほどだが、やり方は覚えていて、舌の根を引いて喉の奥を開き、ずるりと根元まで口中に引き込み、喉の奥へ滑らせる。

そのまま、蛇が獲物を丸呑みするように、ずるずると奥へ飲み干す。

「ん、ぐ……っ、ん、ぅ……ん、っ」

喉を締めて、舌を裏筋に添わせる。

人に強要されて口でしたことはあるけれど、自分からしたことはなくて、フィキが悦んでいるかどうか分からない。口中のオスは、あまり膨張していない気もする。

ちらりと上目遣いでフィキを見ると、なんとも言えぬ表情をしていて、ネスと目が合うと、ネスの頬を撫でてきた。その手が、なんだか憐憫《れんびん》のように感じられて、ネスはフィキの手を叩くように追い払った。

フィキの手は、めげずにネスの頬を撫ぜ、後ろ頭を掴む。

「っン、……！」

一方的な動きで、一度だけ前後に喉を使われ、陰茎を引き抜かれる。

「……ぅ、え」

陰茎の形に膨らんでいた喉が、元の形に戻る。

ネスはえずいて、涎を垂らした。

不思議なもので、こういう乱暴な扱いは、わりと興奮するし、感じるのだ。

苦しいのも、痛いのも、こわいのも嫌いなはずなのに、ネスの心に反して、すこし乱暴にされたほうが体は悦ぶ。いまも、陰茎が引き抜かれたその感覚だけでネスは達してしまった。股の間で萎《しな》びた陰茎から、どろりと精液が漏れている。

「…………」

ネスはそれを指に掬《すく》い、自分で尻の穴に指を入れ、拡げた。

初めにすこしフィキが弄っていたから、三本くらいは余裕で入る。

「なんだよ、すぐ突っ込ませてやるから指咥えて待ってろ」

寝台に座って股を開くネスを、フィキは胡坐を掻いて見ている。

あからさまに不機嫌な顔をするので、「ちょっと待ってろ童貞」と煽ってやる。

「そういうのは、俺がやるものだ」

「なんでだ?」

ネスは後ろを弄るのをやめて、フィキに向き直る。

「なんでって……いや、まぁ、お前がしたいならお前が自分ですればいいんだが……、今後は、そういうこともひとつずつすり合わせていかんとならんな」

「……?」

「体の関係も、互いの納得のいく信頼関係を築けるように話し合っていこう」

「なら、俺は好きな奴にケツ触らせるとか絶対いや」

「……さっき触ったぞ」

「譲歩してやってんだよ、これでも。……ていうか、そういうことをひとつずつすり合わせていくっていう人間的な感覚自体が無理。アンタはアンタの好きにする。俺は俺の好きにする。それでいいって落としどころ決めただろ？」

「現状はそれで同意している」

「不本意ながらって感じだな」

「これから長い人生ずっと一緒にいるんだ。すこしずつ柔軟に対応していくべき問題だ」

「これから長い人生、な……、まいいや、それはおいおいで……。とりあえず、アンタのその股間のクソデカイやつ、指が四本入ればなんとかなるだろ？　……ならないか？　ならなさそうだな……」

　ネスは自分の指で輪を作り、フィキの陰茎を測る。

「………………」

「腕でも突っ込んで拡げるか？　ゆるんで入れやすくなる」

「馬鹿なことを……」

「どうせすぐ治る」

「時々思うんだが、お前たち銀種は、本当に……自分のことを道具のように認識しているところがある」

「……それで？」

ネスは自分で自分の尻に指を含ませ、わざと腹の中に空気を含ませる。

ちょっとでも内側の空間を広くしておかないと、フィキのアレは入りそうにない。

「もっと自分を大事に扱え」

「だから、わざわざこんな面倒なことしてんだろうが」

「……？」

「道具みたいに使われるだけなら、わざわざ自分で拡げない。これでも、アンタに歩み寄ってやって、自分で自分のこと大事にしてやってんだよ。大事にしないでいいなら、拡げてないケツに突っ込ませる。そしたら、血が出て、筋肉が切れるから、ゆるんだとこをガツガツ掘らせて終わる。そういうの、アンタいやだろ？　だから面倒な下準備してやってんだろうが」

「本当に……物事を考える視点が違うんだな……」

フィキは改めて自分の銀種という存在を思い知る。

自分で自分を大事にする。ネスなりにその努力をしていても、フィキがネスを大事にする、という考えとはどこか違う。

これからは、そういうこともネスに教えていかなくてはならない。

ネスという銀種はフィキという男の愛し方で大事にされて生きていくのだ、と……。

「ネス、腕を突っ込んで拡げようとするのは下準備とは言わない」

ない。


「……ふぅん。そうなんだ」

　そういうのしか知らないから、それが交尾の準備の仕方だと思っていた。

　ほかの方法といえば、薬を使って強制的にゆるめるか、首を絞めるか、それくらいしか知らない。

　死にたての時が、ゆるさも適度で体温も残っていて具合がいいらしいが、いまここでフィキに死姦させる雰囲気ではない。

「俺がしてもいいか？」

「アンタはアンタの好きにしろよ」

「お前は？」

「俺が自分でこういうことやると、なんかアンタ可哀想な顔するから、なにもしない。アンタにキスだけしてる」

　ネスは好きな男を悲しませたいわけじゃない。

　これでも、ネスなりに、フィキの想いに応えてやりたいのだ。

　でも、ネスのやり方では眉を顰めさせるばかりで上手くいかない。

　だから、今日だけは譲歩してやった。

　俺もなんだかんだで自分の信念曲げて、コイツが俺を愛することを許してやってんだから、俺も心が広いよなぁ……と、ネスはフィキの頬に唇を寄せて、首筋を齧った。

「ぉ、あ……っ、ァ、あ……っ」

とっとと出して終われよ！　そう怒鳴ってやりたいのに、喘いだ。

フィキの指や舌で後ろを開かれて、正常位で向き合って、繋がった。

たったいま、繋がった。

フィキが腹の中に入ってきた。

それだけで、また射精した。

まだ途中まで入っただけなのに、射精して、盛大に喘いで、狼狽えた。

「なんで……ふざけんなっ……こんな……、っ」

感じまくって、言っていることと体の反応が真逆だった。

自分の意志とは裏腹に、フィキの太腿に足を引っかけて、逃がさないようにしていた。

気持ち良かった。

自分を保った状態で、任務と関係なしに、この行為を気持ちいいと思ったのは初めてだった。

それがこわかった。

勝手に手が震えて、声が震えた。

*

気持ちいいのに、どうしていいか分からなかった。

虚勢を張って声を出そうとすれば、喘ぎ声か、いまみたいに震えた罵声、そのどちらかになってしまって、声を出している本人であるネスでさえ自分が哀れに思えてきた。

「フィキ！」

「なんだ？」

「塞げ！」

「なにを？」

「くち！」

フィキの髪を引っ張って、噛みつくようなキスをする。

背中に爪を立てて、持って行き場のない快楽に耐える。

「……っん、ふ……ぅ、ぅ……」

唇が触れて、ネスの腰にフィキの手が回る。

どこでなにがどうなっていて、フィキがどういう動きをしているのかすら把握できない。

どこに触れられてもきもちいい。

「……ぁ、んぅ……ぅ、あ」

唇を塞がれたまま、喉の奥でくぐもった声が潰れる。

フィキがゆっくりと腰を押し進め、ネスの中を暴く。

フィキの顎先から伝う汗が、ネスの肌に落ちる。

他人の汗なんて、気持ち悪かったはずなのに……。

体温も、触れ合う粘膜も、腹に突っ込まれる性器も、ぜんぶ、嫌いだったのに……。

そもそも、人間が嫌いだったのに……。

「……ケツ、きもちいい」

「そうか」

「うん」

「ほかは?」

「アンタがほしい」

ネスはフィキの唇を噛む。

舌を出して、フィキのそれと絡めて、深く口づけ、フィキの唾液をねだる。

上からも、下からも、フィキがほしい。

ネスは自分のほしいものをねだった。

＊

二度か、三度か……途中で休息を取りながらも、夜通し交尾した。

朝方、窓の外が白んできた頃、ネスは寝床を出た。

「……風呂、借りる」

裸で、風呂場へ向かう。

足元がすこしぐらついたが、歩けないことはなかった。

すぐにフィキが寝台から出てきて、ネスを追いかけてくる。

「俺が運ぼう」

「なにを」

「お前を」

「なんで」

「……漏れている」

「あぁ？」

足もとを指し示されて、ネスは自分の下肢へ視線を落とした。

太腿の裏から内腿へ、フィキの精液が垂れ流れていた。

後ろがゆるんでいて、まだ戻っていないらしい。

「…………う、わ……ちょ、っと待て、アンタ、どれだけ出したんだよっ……うそだろ」

「すまん」

「あー……クソ」

突っ立って話している間にも、どんどん垂れてくる。

ネスは壁際に手をつき、太腿のそれを掬って床に垂らさないようにする。

「……不味い」

なんとなしに、その精液を舐めて、指をしゃぶった。

次の瞬間には、フィキの両手がネスの腰を掴み、壁際にネスを押し付けた。

「ぉ、ぁ……ぁー……」

そのまま、立った状態で後ろから嵌められた。

壁とフィキの間に挟まれて、逃げ場がない。

ネスの胸筋は、ぎゅうと壁に圧し潰され、下からはフィキに突き上げられる。

陰茎が出入りするたび、酷い音を立てて精液が漏れ、昨夜の行為で腹の奥に溜まっていた空気が抜けて、結合部が泡立つ。

括約筋は薄く伸び、陰茎が押し込まれれば奥へ引っ込み、引き抜かれれば陰茎にまとわりついて、いやらしい粘膜をフィキに見せる。

「はっ……ぁ……っ、あ」

肩で息をして、壁に手をつき、喘ぐ。

腰が勝手に落ちる。

立っていられないのに、立つしかない。

これ以上深くに入ってこられたら、腹が壊れる。

「こわ、れ……っ、フィ、ふぃ、き……ぃ」

「壊れても戻るんだろう？」

「だ、けど……っ、ぉあ、ぁ……は……っ」

語尾が笑い声になる。

フィキは決して無理強いをしない。

ネスを壊すつもりなんかない。

でも、腹の中に入ってくるそれは凶器だ。重く、太く、圧倒的な質量でネスを蹂躙し、遠慮なしに肉を割って、持ち前の傲慢さでネスを暴いていく。

ネスの陰茎は、もう射精する精液もないのに、ずっとびくびく震えている。

何度も何度も空イキを繰り返して、オスを締め上げて悦ばせる。

「ネス」

「……お、ぐ……ぉ、ぐ、やだ……いやだ……、ふぃ、き……」

嗚咽《おえつ》交じりに、笑う。

気持ち良くて、その気持ち良さがこわくて、笑ってしまうのだ。

「ぜんぶ寄越せ」

「ん、っ、ぅ」

笑みのかたちに歪むネスの唇を、フィキが奪う。

ネスはめいっぱい首をフィキのほうへ向けさせられ、自らも進んでそちらへ顔を向け、その唇を貪る。

唇を重ねながらの交尾は、ネスの足を自然と開かせる。

またひとつ腰が崩れるように落ちて、ネスは壁に爪を立てた。

得体の知れない快感に、指先からも力が抜けて、その爪が壁伝いに滑り落ち、所在なく空を掻く。後ろ手に触れたフィキの肌に縋るのは自分に許せなくて、……ふとした瞬間に、フィキの肌に爪を立ててしまう気がして可哀想で、触れられない。

「……っ、は」

ごつんと壁に額をぶつけ、次の瞬間には目を閉じて顎先を持ち上げ、後ろで得る快楽に打ち震える。

フィキの腕が脱力するネスを支え、その太腿に尻を乗せて持ち上げられ、踵が浮く。

今度は、フィキの肌を傷つけることを気にかける余裕もなく、指先が触れた場所に爪を立ててしまう。ちょうどフィキの太腿の付け根あたりの筋肉に、細く、赤い筋をいくつも残す。

「……ぁ、っは……は、……っ」

喘いで、笑う。

腹の中の、臍の向こうあたりで、ぐるりと腸が動く音がした。

結腸の窄まりの向こうにフィキの陰茎が潜り込んだ音だ。

内臓の位置が変わるような圧迫感と質量に、膀胱が強く圧迫されて、小便を漏らす。

勢いはなく、左の内腿から、膝、脹脛《ふくらはぎ》や足首をじわりと湿らせて、宙に浮いた足指の先を伝い落ち、床に大きな染みを作る。

「変な、とこ……まで、入れてんじゃねぇよっ」

「出会った初日から、こうしたかった」

「変態かよ……っ」

「ここまで入る奴がいないから嬉しい」

「……嬉しいのか？」

「嬉しい」

フィキがネスの後ろ首に額をすり寄せて、甘えてくる。

その仕草が、大きな犬がじゃれてくるようでかわいい。

「……おう、じゃあ……まぁ、いいか……」

しょうがない、許してやろう。

巨根も苦労が多いようだから、ネスの腹でフィキが喜ぶのなら許してやらなくもない。

「お前の腹は具合がいい」

「ば、かっ、……動くな……っ」

動くなと言っているのに、動く。

ネスの首筋を噛みながら、腹や腰に腕を回してネスを羽交い絞めのようにして、下から突き上げる。

腹の底に響く。

重い。

左脇腹の表面の皮膚が蠢《うごめ》いて、陰茎の形に腹が膨らんで歪《いびつ》だ。抜き差しするのではなく、結腸に嵌めたまま押し上げられるから、ネスの体が小刻みに跳ねる。

そのたびに、膀胱に残っていた尿が漏れる。

ひどい初夜だ。

そりゃあまぁそうだ。

お互いに、好きなようにするのだ。

そうしろと言ったのはネスだ。

だから、しょうがない。

それに、きもちいいからしょうがない。

処女をくれてやった気分だ。

こんなところまで他人が入ってきたのは初めて。

……あぁ、だめだ、負ける。

これには抗えない。

「なぁ、頼むから……もっと」

腰を揺らして、ねだる。

もっとほしい。

「フィキ……」

自分から陰茎の根元に尻を押し付けて、腰を捻って背後のフィキを見やる。

フィキは、ネスの痴態をしっかりとその目に留めていた。

オスの形に膨らんだ腹を撫でるネスの手指の動きも、その腹に隠れた陰茎から漏らす小便も、粗相からのわずかな匂いも、腰を揺らして男をねだる仕草も、ぜんぶ、見られていた。

「は、っぁ……っ、あ」

そうしたら、自分がどんなに恥ずかしく、淫らに男をねだっているかを自覚してしまい、その羞恥を感じただけで、ネスは女のように達してしまった。

ぎゅうとオスを締めあげ、その動きでまたフィキを感じて、訳の分からないことを口走った。

「フィキ、みろよ……っ、俺……アンタのこと感じてるだけで……イってる……」

馬鹿みたいに何度もイってる。

下腹が切ないくらい快感を拾って、ずっと甘く疼いている。

壊れたみたいに、感じている。

頭はわりと冷静なのに、心が冷静じゃない。

ずっと、これがしていたい。この男と交尾がしていたい。片時も離れることなくこの腹でフィキを感じていたい。いつもずっとこのオスに喘がされて、暴かれて、めちゃくちゃにされたい。

壊されたい。

「ぎんしゅ、……っ、こわいな……っは、はは……っ、自分のこと……っ、なの、に……こわい……」

なんだ、これは。

銀種という生き物は、こわい。

好きな男に溺れて、死んでしまいそうになる。

壊されたいと願ってしまう。

たった一人の自分だけの特別なオスに自分のすべてを奪われたいと願ってしまう。

破滅願望なんかなかったはずなのに、この男の腕のなかで息絶えたいと切望してしまう。

「フィキ……っ」

「うん？」

「なんだよ、もう、……これ、きもちいい……、っ」

こんなの知らない。

　勝手に心が悦んで、涙が溢れる。

「……ネス、覚えてるか？　謹慎は三十時間だ」

　その間、ずっと嵌めていてやる。

　ネスの耳朶を噛み、フィキはネスの尻肉を強く掴んで、陰茎を強く打ち付ける。

　抜き差しはせず、結腸口に陰茎を食い込ませたまま、奥へ、奥へ、穿つ。

　尻穴の形も変わるくらい、犯す。

　肉がめくれあがって、腸壁が括約筋のふちにまとわりつくように開くほど激しく、重く、ネスを貪る。

　ネスの腰が、フィキの指の形に鬱血するほど強く掴み、フィキは種を付ける。

「は、ぁ……っ、ぁ、っはは……なか、出てる……」

　ネスは口角を持ち上げ、いま、フィキに種付けされている己の腹を撫でる。

　それはそれは愛おしそうに撫でる。

　ひどい執着が、ネスの心に見え隠れする。

　今日これからずっと、フィキのこの種はぜんぶネスのものだ。誰にも味わわせない。楽しませない。ネスだけのものだ。

　フィキは今日から、ネスの腹でだけ射精する。

　過去にフィキはいくらか女で遊んだだろうが、もう二度と、フィキのオスをよそのメスが味わうことはない。

ネスは、そんなことを考えて口端を持ち上げる。そして、そんな自分自身が恐ろしくなる。

フィキに抱かれるたび、自分のなかにこんな感情があったのかと気付かされる。

ひどい執着、醜い嫉妬、止め処《ど》を知らぬ独占欲。

「……フィキ、アンタって……俺の物だよなぁ？」

「あぁ、そうだが？」

「うん、……うん」

また、壁に額をぶつけて、頷く。

目を閉じて、涙が流れそうになるのを堪える。

すっかりぜんぶネスの中に吐き出したフィキは、いくらか萎えるまでネスの肉を味わってから陰茎を抜く。

腹の中が、空になる。

「……っ」

ネスの瞳から、ぽたりと涙がひとつぶ零れた。

「ネス、どうした」

フィキはそれを見逃さず、孔雀色の瞳に驚きを浮かべる。

「アンタがケツから出てったからさみしいんだよ‼」

後ろ手にした拳で、フィキを殴る。

こんなこと認めたくない。認めたくないのに、認めるしかない。

認めないと、もう一度、フィキに抱いてもらえない。

抱いてほしいとねだれない。

「俺、アンタのこと……、好き、なんだけど……っ、ど、したら、いいんだよ……っ」

「…………」

「つながってないと……さみしい……」

蚊の鳴くような声で、心を打ち明ける。

こんな弱み見せたくもないのに、フィキに離れてほしくなくて、もうすこし繋がっていてほしくて、もっとずっとネスの心を埋めて支配してほしくて、唇が勝手をする。

心が壊れるほど、フィキがほしいと思ってしまう。

「銀種とは、厄介なものだな……」

「うっせぇ……自分でも、こんな……っ、アンタに馬鹿みたいに狂うと思ってなかったんだよ！」

「怒鳴るな。……厄介な恋人ほど可愛いと知らんのか」

「……そんな格言、知るかよ……ばか……」

「俺もいま知ったところだ」

かわいいかわいい銀種。

フィキだけを求める生き物。

心の底からフィキだけを信じて、欲して、執着して、依存して、生きる生き物。

「奥もゆるんで垂れ流しになるくらい使ってやる」

泣き崩れるネスを腕に抱き、床に組み伏せる。

ネスのそこは、ぽっかりと大きな口を開けていた。

結腸口の向こうへ射精したから、精液は一滴も漏れてこない。

歩くことはおろか、立つこともできないネスを四つ這いにさせて、犯す。

腰を掴んで尻だけを持ち上げ、開ききって閉じることを忘れたメス穴に、再び陰茎を突き入れる。

「は、ぁ、……、ぅ」

腰をくねらせて、ネスが悩ましげな声を上げた。

筋肉のよく張り詰めた背中が、いやらしくうねり、身悶える。

「締めろ」

浅いところを抜き差しして、ネスの尻を叩く。

そこはもうすっかりゆるんでいて、陰茎を嵌めた状態でも指が三本も入った。

ぐぽ、がぽ……。交尾とは思えない音を立てて、奥に溜まっていた空気が漏れる。

る。


「……ひ、……っん」

臍のほうへ向けて、陰茎で肉壁を撫で擦ればネスの腰がへちゃりと落ちて、尻の肉を震わせる。


また達した。

でも、もう出すものがない。

涎と鼻水まじりの顔で荒い息を繰り返し、肩で呼吸して、発情期の犬のような声で唸る。

極まりすぎて、もう、人のようにすら喘げない。

獣が唸るような声を出して、自分から腰を振って男を欲しがる。

「……ネス」

フィキは、ネスが欲しがるがままに与える。

行きつくところまで行きつくと、ネスは頭も正しく働かないようで、前後不覚になって記憶が混乱するらしい。

ネスは、フィキに犯されているのに、よそのどこかの男に犯されたことや、女に乗られたことを思い出して、「いや、だ……ごめんなさい、いやだ、っ」と泣いて、暴れて、感じて、吐いて、結局はまたフィキの姿をその銀色の瞳で認めると心を落ち着けて、感じた。

ネスが過去と現在を混同せず、フィキとのこの行為を楽しめるようになるまでに、おそらく、長い年月がかかるだろう。フィキはそう思った。

だが、それでよかった。

これから先は、フィキがネスの体を独り占めするのだ。

すべての行為をフィキがネスに与えて、すべての快楽はフィキから与えられるものだとネスに覚え込ませて、フィキに抱かれて悦ぶ体に仕込んで、フィキに支配されることによって心が満たされることを教え込み、ネスの隅々までフィキが躾けるのだ。

ネスが過去を思い出した時には、「……あれ、でも、これって、フィキにもされたことだよな？」と勘違いするようになればいい。

痛い思いも、苦しい思いも、つらい過去も、すべてフィキが塗り替える。それらをすべて、フィキが与えた快楽へと記憶を挿《す》げ替えてやるのだ。痛くて苦しい過去を思い出した時に、同時に、フィキから与えられた快楽を思い出して、結腸に嵌められた充足感に小便を漏らすように仕込んでやるのだ。

心が壊れるほど愛してやる。

そして、新しく作り替えてやる。

そうすれば、ネスが過去に脅えることはない。

ネスはフィキの銀種だ。

見ず知らずの他人の行いによって、フィキの銀種が脅えることは許さない。

ネスが脅えることもまた、フィキだけが与える恐怖によるものでなくてはならない。

「……フィ、キ」

ネスが喋る言葉は、もうフィキの名前だけだ。

よそごとを考える余裕もないほど、ネスはフィキに支配されている。

「なんだ?」

フィキが優しく応じてやると、ネスはすっかりフィキの与える快楽に呑まれた表情で、後ろに伸ばした手でフィキの陰茎に触れ、結合部を指先で辿り、「さっきの、もっと」とねだった。

自分から腰を落として、結腸の奥へフィキを迎え入れた。

今日は快楽を。

明日は、過去の苦痛すら快楽へ。

明後日には、乱らな熱を拭えぬままの体を軍服の下に隠して、出仕すればいい。

尻から男の種汁を漏らしながら、フィキの傍に付き従えばいい。

「愛してる、ネス」

出会ったその日に欲しいと思った銀種。

死を厭わぬ、強く、勇敢な銀種。

その生意気な鼻っ柱をへし折って、組み敷いて、犯して、自分の物にしたいと思った。

「愛してる」

フィキは繰り返す。

「……俺は、愛してない……」

ネスは、傲慢なフィキの愛に真っ向から挑む。

愛しているけど、愛されてやらない。

好きだけど、嫌い。

壊されたいけど、壊されたくない。

相反する二つの感情を抱えたまま、ネスは、フィキと交わる。

フィキもまた、その反抗的なネスの眼に興奮を覚えた。

＊

翌朝、眠るネスを寝床に残してフィキが身支度を整えていると、長年、世話をしてくれている家令から、「旦那様は、獣の嫁を娶《めと》られましたか?」と苦言を呈された。

喘ぎ声があまりにもうるさくて、屋敷中に響いていたらしい。

「これから躾けるから半年くらい待て」

フィキはそう答えて、寝室へ足を向けた。

フィキの、厄介で可愛い銀種を朝の眠りから目覚めさせるために……。

これから先、ネスは、フィキとともに帝都で暮らす。

フィキの計画実現のため、ネスは協力を惜しまない。

災種を狩るより、人間を相手にすることも多くなるだろう。

ネスの体は、右上半身だけとはいえ、一度は銀化した。

今後は、怪我をするたびに、その範囲が拡がっていくだろう。

完全に銀化すれば、それが、ネスの死ぬ時だ。

あとどれくらいフィキの傍にいられるかは分からない。その時が来るのは、ネスやフィキが想像しているよりも早いかもしれないし、遅いかもしれない。

だが、フィキがそうやすやすとネスを死なせはしないだろう。

あの男は、ネスの管理が上手なのだ。

ネスの体も、心も、寿命すらも、己の好きに決める。

傲慢な男だ。

その傲慢さが、たまらなく興奮した。

あの傲慢さに抗っている時が、ネスは最高に心地好かった。

生きている感じがして、最高に興奮した。

半年後。

ライカリからの手紙が届いた。

ライカリは、月に一度くらいの頻度で手紙をくれる。

姉のドルミタともども、元気にしているそうだ。

半年前、ネスは、ドルミタが目を醒ましてから、十七特殊戦の砦を出た。ドルミタにライカリを託されていたから、その責任だけは果たしたいとフィキに我儘を言って、そうさせてもらった。

ドルミタとライカリは、今日も、あの砦で助け合って生きている。

ライカリは頑張ってもっとたくさんの災種を殺せるように訓練しているらしい。十五やそこらのライカリが敵を殺すことを頑張る世の中っていうのは、喜ばしいことではないのだとネスは思う。

ネス自身もそういう環境で育ってきたからか、それが普通だと思っていたが、人間の十五歳は親元で暮らして、学校へ行って、友達と遊ぶらしい。なかには働きに出ている子供もいるらしいが、その数は少なく、そのうえ、どんな人間の子供も災種と戦わなくていい。

ネスは、フィキが成し遂げようとする偉業についてはよく分からないけれど、「ライカリが災種狩りだけに明け暮れて生きて死んで一生を終えるのではなく、……たとえば、ほら、ライカリは勉強が好きだろう？　もっと好きなだけ勉強ができて、大学へ進学したり、研究職に就いたり、自分の夢や目標を持つことが当たり前になって、そういう将来を銀種が自由意思で選べる世の中になると考えたら、……どうだ？」とフィキに説かれて、「あぁ、それならそっちのほうがいいな」とネスは思った。

ライカリからの手紙の最後は、「ネスがいなくてさみしい。俺もネスの真似して、懲罰行為して帝都送りになってみようかな、そしたらネスに会えるもんね」という言葉で締め括られていた。

「……こっちに来ても、ろくでもない奴らばっかりでクッソつまんねぇぞ。会いたいなら俺から会いに行くから待ってろよ」

ネスは手紙を読みながら、声に出して返事をした。

あとで返事を書くとしても、思わず手紙に応えずにはいられなかった。

「……ネス」

「んー……？」

「仕事が捗《はかど》らん」

「俺の知ったことか」

ネスはフィキの言葉を無視して、フィキの胸元に頭を預ける。

上半身裸で、肩にフィキの軍服の上着だけを羽織った格好で、フィキの膝に乗っていた。

執務椅子に腰かけるフィキの太腿に横座りして、椅子の肘置きの向こうに素足を放り出している。フィキは、机と自分の間にネスを抱えて仕事がやりにくそうだが、ネスは、まるで気まぐれな猫のようにフィキの膝で寛ぎ、手紙の文字を追いながら、大きな欠伸をする。

半時間ほど前まで、ここで交尾していた。

ここ、というのは、軍令部内にあるフィキの執務室だ。

ネスはまだ情事の名残もあって気だるげだが、フィキは上着以外の軍服を正しく身にまとい、山のように積み上げられた報告書に目を通し、ものによっては署名し、生真面目に己の職務に励んでいる。

軍人とはいえ、軍令部詰めの高級官僚ともなると、相手は災種ではなく予算委員会や政治家や派閥問題や予算の捻出になるらしい。フィキはほとんど一日中ここに座って、難しい顔で報告書に追われている。

たまに執務室の外に出たかと思えば、会議、会議、会議、そしてまた会議。時々、宴席。

その繰り返しだった。

稀に視察が入るが、災種と遭遇したことは一度もなかった。

「……小隊が恋しくなる……」

「俺だってあっちのほうが好きだ」

ネスの言葉に、フィキも強く頷く。

「……なぁ、俺の仕事、ほとんどここでアンタと交尾して暇潰ししてるだけなんだけど……」

いる。

「銀種の訓練教官の職があるだろ」

「普通に災種狩りしてるほうが責任感なくて楽だ」

いま、ネスは、帝都での任務の一環として、銀種の子供たちに災種との戦い方を教えている。

でも、それは死ぬための戦い方ではなく、生き抜くための戦い方だ。

それと同時に、幼いながらも既に人間に対して不信感しかない銀種の子供たちにネスという味方がいることを伝える役割も担っている。フィキの考える銀種の自由。そういう考えをそれとなく伝えておけば、いずれ彼らにも、将来の選択肢が見えてくるかもしれない。

いざ、そういう世界が実現した時に、銀種である当人たちが「いまさら自分たちの立場が改善されたとして、どうやって生きていけばいいんだ……」と途方に暮れて、将来に脅えるようではいけない。

銀種は、変化を嫌う生き物だ。

人間を信じられない生き物だ。

ネスだって、いまも人間が嫌いだ。

ただ、フィキという男を信頼しているだけだ。

だから、幼い銀種たちが誰かを信じられる日がくるように、そういう未来を実現できるように、ネスにできることはしたいと思っていた。

優しさにはいろいろと種類があって、戦闘で庇って代わりに死んでやる優しさだけではなく、もっとほかの優しさを提示できることがあるのだとネスはフィキから学んだ。

誰かを信じる心の強さ。そういった形のないものの存在を伝えて、幼い銀種の未来がもっと大きく開かれるように、ネスは、そのために命を使いたいと思う。

フィキのために、命を使いたいと思う。

「……フィキ」

「うん？」

「…………」

ネスは体を起こし、真面目に報告書を読むフィキの唇に唇を重ねた。

「……お前、キスが好きだな」

「そうか？　考えたこともなかった」

「お前が甘えたい時の仕草だ」

フィキは報告書を置いて、ネスを抱き直し、膝にしっかりと乗せる。

「あー……そう……、そうなんだ……俺、そういう時にキスするんだな……」

「そうだ」

「そうなのか？」

「そうだ」

「じゃあ、まぁ、そういうことで……頼む」

フィキに口づける。

そのたびに、生きていると感じられる。

この男に自分の命を預けている。

この男に甘えている。

ネスは、それほどに自分が誰かに心を預けて、信じていることが、なんだか不思議で、それでいて、心地好かった。

「フィキ」

この契約は、心が壊れる。

心が壊れる時は、新しい感情を知る時。

そういう時、ネスは取り乱しそうになる。

だから、ネスはフィキの顔を両手で掴んで、ぐっと詰め寄り、額をごつっと押し当てて、鼻先をくっつけて、フィキの瞳を見つめる。

孔雀色の瞳。

ネスへの視線がうるさい瞳。

その瞳はネスの心を掻き乱し、ネスの心をひとつ壊して、ひとつ生き返らせる。

「お前の心は今日も騒がしそうだ」

「アンタのせいだ。……でも、俺は、自分の感情くらい自分で制御できる」

ネスは孔雀の瞳を見つめて、自分で自分を落ち着かせ、「ほら見ろ、もう落ち着いた」と得意げに笑い飛ばす。

「俺の目を見ることで精神安定剤の代わりにしているのに？」

「俺が俺の好きなモンを見て心を落ち着けることになんか文句あんのか」

「ない」

「じゃあ、黙ってその瞳を俺に寄越せ」

壊れた心が息を吹き返すたび、生きていることを感じる。

この男の心によって、自分が生かされていることを知る。

この男のために、生きることを精一杯頑張りたいと思う。

ネスは、いまがわりと幸せだった。

【あとがき】

ダリア文庫様で再びお目にかかることができて光栄です。鳥舟《とりふね》です。

今作『黒騎士の愛しき銀珠』は、恋愛下手な攻と人間嫌いの受という難儀な二人組がちょっと勇気を出して一歩を踏み出し、お互いの愛し方をぶつけ合って満足に終始するというお話です。「この二人は愛を重ねるって感じじゃないな……一方的に愛を放り投げあってるな……」と思いながら書きました。私は「あ、コイツいまにも死にそうだな」というキャラや「死ぬ様子がないキャラが死んだ！」という展開が好きなのですが、死んじゃうとそれで終わりなので（それもまた好きなのですが）折角なので何度でもそれを繰り返せる設定にしました。満足です。

以下、お礼です。担当様、今回はプロットの段階から最後まで大変ご面倒をおかけいたしました。担当様のサポートのお陰でラストまで頑張れました。ありがとうございます。

イラストの笠井《かさい》あゆみ先生、先生に表紙を飾っていただき、挿画を担当していただけると伺いした時の気持ちは忘れられない宝物です。ありがとうございます。

いつも応援してくださる読者様、この本を手にとり、読んでくださった方、ありがとうございます。ダリア文庫さんから出していただいた前作『シダは雪獅子さまのもの』へのお手紙もありがとうございます。皆さまのお蔭で、こうしてまた一作お届けすることが叶いました。

それでは、三たびお目にかかることを楽しみに、これで失礼いたします。

フィキの両親にノリで結婚式を挙げさせられちゃった二人

初出一覧

ダリア文庫をお買い上げいただきましてありがとうございます。
この本を読んでのご意見・ご感想・ファンレターをお待ちしております。

〒170-0013 東京都豊島区東池袋3-22-17　東池袋セントラルプレイス5F
㈱フロンティアワークス　ダリア編集部
感想係、または「鳥舟あや先生」「笠井あゆみ先生」係

この本のアンケートはコチラ!

http://www.fwinc.jp/daria/enq/
※アクセスの際にはパケット通信料が発生致します。

黒騎士の愛しき銀珠

2020年5月20日　第一刷発行

著　者 ――――
鳥舟あや
©AYA TORIFUNE 2020

発行者 ――――
辻 政英

発行所 ――――
株式会社フロンティアワークス
〒170-0013 東京都豊島区東池袋3-22-17
東池袋セントラルプレイス5F
営業　TEL 03-5957-1030
編集　TEL 03-5957-1044
http://www.fwinc.jp/daria/

印刷所 ――――
中央精版印刷株式会社